轻与重
FESTINA LENTE

姜丹丹 何乏笔(Fabian Heubel) 主编

镜中的忧郁
关于波德莱尔的三篇阐释

[瑞士] 让·斯塔罗宾斯基 著 郭宏安 译

Jean Starobinski
La mélancolie au miroir
Trois lectures de Baudelaire

华东师范大学出版社

华东师范大学出版社六点分社 策划

主 编 的 话

1

时下距京师同文馆设立推动西学东渐之兴起已有一百五十载。百余年来，尤其是近三十年，西学移译林林总总，汗牛充栋，累积了一代又一代中国学人从西方寻找出路的理想，以至当下中国人提出问题、关注问题、思考问题的进路和理路深受各种各样的西学所规定，而由此引发的新问题也往往被归咎于西方的影响。处在21世纪中西文化交流的新情境里，如何在译介西学时作出新的选择，又如何以新的思想姿态回应，成为我们必须重新思考的一个严峻问题。

2

自晚清以来，中国一代又一代知识分子一直面临着现代性的冲击所带来的种种尖锐的提问：传统是否构成现代化进程的障碍？在中西古今的碰撞与磨合中，重构中华文化的身份与主体性如何得以实现？"五四"新文化运动带来的"中西、古今"的对立倾向能否彻底扭转？在历经沧桑之后，当下的中国经济崛起，如何重新激发中华文化生生不息的活力？在对现代性的批判与反思中，当代西方文明形态的理想模式一再经历祛魅，西方对中国的意义已然发生结构性的改变。但问题是：以何种态度应答这一改变？

中华文化的复兴，召唤对新时代所提出的精神挑战的深刻自觉，与此同时，也需要在更广阔、更细致的层面上展开文化的互动，在更深入、更充盈的跨文化思考中重建经典，既包括对古典的历史文化资源的梳理与考察，也包含对已成为古典的"现代经典"的体认与奠定。

面对种种历史危机与社会转型,欧洲学人选择一次又一次地重新解读欧洲的经典,既谦卑地尊重历史文化的真理内涵,又有抱负地重新连结文明的精神巨链,从当代问题出发,进行批判性重建。这种重新出发和叩问的勇气,值得借鉴。

3

一只螃蟹,一只蝴蝶,铸型了古罗马皇帝奥古斯都的一枚金币图案,象征一个明君应备的双重品质,演绎了奥古斯都的座右铭:"FESTINA LENTE"(慢慢地,快进)。我们化用为"轻与重"文丛的图标,旨在传递这种悠远的隐喻:轻与重,或曰:快与慢。

轻,则快,隐喻思想灵动自由;重,则慢,象征诗意栖息大地。蝴蝶之轻灵,宛如对思想芬芳的追逐,朝圣"空气的神灵";螃蟹之沉稳,恰似对文化土壤的立足,依托"土地的重量"。

在文艺复兴时期的人文主义那里,这种悖论演绎出一种智慧:审慎的精神与平衡的探求。思想的表达和传播,快者,易乱;慢者,易坠。故既要审慎,又求平衡。在此,可这样领会:该快时当快,坚守一种持续不断的开拓与创造;该慢时宜慢,保有一份不可或缺的耐心沉潜与深耕。用不逃避重负的态度面向传统耕耘与劳作,期待思想的轻盈转化与超越。

4

"轻与重"文丛,特别注重选择在欧洲(德法尤甚)与主流思想形态相平行的一种称作 essai(随笔)的文本。Essai 的词源有"平衡"(exagium)的涵义,也与考量、检验(examen)的精细联结在一起,且隐含"尝试"的意味。

这种文本孕育出的思想表达形态,承袭了从蒙田、帕斯卡尔到卢梭、尼采的传统,在 20 世纪,经过从本雅明到阿多诺,从柏格森到萨特、罗兰·巴特、福柯等诸位思想大师的传承,发展为一种富有活力的知性实践,形成一种求索和传达真理的风格。Essai,远不只是一种书写的风格,也成为一种思考与存在的方式。既体现思索个体的主体性与节奏,又承载历史文化的积淀与转化,融思辨与感触、考证与诠释为一炉。

选择这样的文本,意在不渲染一种思潮、不言说一套学说或理论,而是传达西方学人如何在错综复杂的问题场域提问和解析,进而透彻理解西方学人对自身历史文化的自觉、对自身文明既自信又质疑、既肯定又批判的根本所在,而这恰恰是汉语学界还需要深思的。

提供这样的思想文化资源,旨在分享西方学者深入认知与解读欧洲经典的各种方式与问题意识,引领中国读者进一步思索传统与现代、古典文化与当代处境的复杂关系,进而为汉语学界重返中国经典研究、回应西方的经典重建做好更坚实的准备,为文化之间的平等对话创造可能性的条件。

是为序。

姜丹丹、何乏笔(Fabian Heubel)
2012年7月

图1　阿诺德·博克林,《忧郁》,1900年。

目 录

译序 /1

序言 /51

前言 /55

1 《忧郁,在正午》/59

2 反讽与反省:《自惩者》与《无可救药》/77

3 低垂的头:《天鹅》/101

4 最后的镜子 /143

注释说明 /157

附录1 波佩的面纱 /159

附录2 批评的关系 /187

让·斯塔罗宾斯基的作品 /219

译　序

让·斯塔罗宾斯基先生今年92岁了，仍然兢兢业业地筹划着未来。记得他曾在一封私人信件中说："2012年是卢梭诞生300周年，2013年是狄德罗诞生300周年。届时我将汇集关于狄德罗的研究，同时将关于卢梭的文章集成一本新书。当然我不会忘记将关于上个世纪的作家的文章编成一个集子。许多任务在等着我。……我已经太久地忘了时光不会倒流。"好一个"时光不会倒流"！他的著作、学位、职务和国内外的学衔，列成一张表，可以让人看得眼花缭乱，然而更让人惊讶的是，他的著述涉及的领域之广且深，鲜有人可比。加在他头上的名号可以是文学批评家、历史学家、语文学家、语言学家、哲学家、精神分析学家、音乐学家，等等。他不正是恩格斯所说的，"在思维能力、热情和性格方面，在多才多艺和学识渊博方面的巨人"吗？2010年，瑞士伯尔尼国家图书馆以他捐献的4万册图书建立了让·斯塔罗宾斯基国际研究中心。

一

1920年11月，让·斯塔罗宾斯基出生在瑞士日内瓦的一个波兰移民家庭，父母都是医生。一般来说，瑞士的医生都是很有文化修养的人，他们秉承古典医学的传统，喜欢文学、哲学和历史，特别是音乐。举行家庭音乐会度过工作的余暇时光，是他们的传统，直到今天，仍有许多家庭每个星期都举行类似的活动，让·斯塔罗宾斯基本人就弹得一手好钢琴。他的父亲是1913年来到日内瓦求学的，先是学哲学，后来出于谋生的考虑，转到医学，成了一名医生，但是毕生保持了对哲学和文学的热爱。1942年，在日内瓦大学文学系学习文学的后期，职业的稳定，家庭的传统，医学通过精神分析学与文学的联系，都促使让·斯塔罗宾斯基选择了医学作为文学和哲学的继续。尤其是他当时结识了法国诗人彼埃尔·让·儒佛，他的妻子布朗什·勒维尔松是一位医生和精神分析学家，让·斯塔罗宾斯基看到了医学和文学的接触点。他认为，物理学和化学是医学的基础，学习这两门科学并不会导致放弃他所喜欢的文学。医学注重事实，其任务是治病救人，而文学注重价值胜过事实，如果两者结合起来，会给文学批评打开新的局面：恰当地提出问题，然后给予令人满意的回答。文学批评上的"辨别"和医学上的"诊断"是两个有着亲属关系的词，"符号学"是文学批评和精神分析学共有的词汇。1948至1953年，他在日内瓦州立医院当内科医生，1953至1956年，他应乔治·布莱的邀请，远赴美国马里兰州巴尔的摩的约翰·霍普金斯大学教授法国文学，同时继续医学的深造。

20世纪40年代，是让·斯塔罗宾斯基成长的关键时期，是他学术生涯开始的富有成果的阶段。第二次世界大战中，瑞士由于其中立的态度，使日内瓦成为欧洲知识分子大聚会、法德文化大交融的地方。让·斯塔罗宾斯基作为犹太人和外国人的身份（他1948年才获得瑞士国籍），正好站在新旧欧洲、法德文化的交接点上。他完成了文学和医学的高等教育，结识了大批欧洲著名的知识分子。1946年，在马塞尔·莱蒙等人的鼓动下，召开了日内瓦国际大会，吸引了全世界的著名知识分子，如卡尔·雅思贝尔斯、乔治·卢卡奇、让－保尔·萨特、保尔·艾吕雅、安德烈·马尔罗、德尼斯·德·鲁日蒙等。日内瓦成了一个知识分子谈论国际问题的场所，此后每年一次的聚会见证了让·斯塔罗宾斯基出色的组织才能。从1967年开始，让·斯塔罗宾斯基一直担任该大会的主席，直到1996年，这时他已经76岁了。

1953年秋天，让·斯塔罗宾斯基到了美国的巴尔的摩，在约翰·霍普金斯大学，除了乔治·布莱之外，他又结识了德国语文学家列奥·斯皮策。他目睹了两位批评大家之间关于文学作品的形式和内容几乎每日都进行的辩论，他们并不因友谊的存在而稍减其论战的锋芒。让·斯塔罗宾斯基没有参与论战，但是他为对立的双方的著作分别写了热情洋溢的序言。1961年，乔治·布莱出版了《圆的变形》，让·斯塔罗宾斯基在序言中写道："列奥·斯皮策满怀激情地主张，接近文学文本必须采取美学的和形式的方法，而乔治·布莱则对他自己的方向更为坚定，就是说，反形式主义的主观性的方向，他从此没有任何改变。乔治·布莱对作家思想的注意穿过文本的语言层次就像穿过一个视觉上中性的地带：它直击精神的经验，就像它在作品达到了特别清醒的程度时所表现的那样。对研究对象的意识的迅速认同，通过直觉达到的紧密的同谋关系，直达目的，以至于不再需要求助于语义学的方法和风格学的分析所提供的辅助的迹象，就像奥尔巴赫与斯皮策所做的那样。"[①]而他在为列奥·斯皮策的著作《风格论》(1970年)所写的序言中，则写道："这种纯粹的语言学对他来说具有中心的、战略性的地位，是一种'源知识'……作为一种与意义有关联的科学，语言学又有一种阐释能力，其介入在任何一种有言语要阅读、有意义要辨认的地方都是适宜的。"列奥·斯皮策抵制了一种创立系统的批评理论的诱惑，他不愿意被囚禁在一个僵硬的框架之中，"他更喜欢每日进行阐

[①] 见让·斯塔罗宾斯基为乔治·布莱《圆的变形》所作的序言，弗拉马里翁出版社，巴黎，1961年，第8—9页。

释,体会鲜活的经验,接受巨大的好奇心的刺激,受到既反对精神局限又反对方法论狂热的细腻精神的影响"。让·斯塔罗宾斯基勾画出列奥·斯皮策的整个认识过程:从对一个文本的整体意思的暂时理解出发,然后研究一个个表面上处于边缘的细节,运用一切科学的和直觉的知识的资源,把阐明的细节与预感到的整体相对照,找出其间的含义,寻找正在逐渐变得明确的意义的新细节,不忽略可能出现的异议和怀疑,始终警惕不使分析活动服务于偏见:"由整体到局部、由局部到整体的往返,期间确立了一种文本从一开始就包含着的明晰,这种明晰任何仔细的阅读都隐约地看到了,但是由解释的功能渐渐地明确起来。"①让·斯塔罗宾斯基在乔治·布莱与列奥·斯皮策的论证中采取的居间立场说明,他不是一个喜欢争论的人,他善于从对立中采撷自己认为正确的东西,以形成独特的看法和立场。

在约翰·霍普金斯大学,让·斯塔罗宾斯基讲授法国文学,但是这并不意味着他放弃了医学,只不过是他

---

① 见让·斯塔罗宾斯基为列奥·斯皮策《风格论》所作的序言,伽利玛出版社,巴黎,1970年,第10、12、30、35页。

暂时地放弃了执业医师的职业而已。如果说他在职业上有所转向的话，那就是他由一名治病救人的医生，转向了医学史的研究。约翰·霍普金斯大学有出色的医院，让·斯塔罗宾斯基经常去那里听课，例如临床医学、病理学、精神病学、神经学等，尤其是它有一个医学史研究所和一批著名的学者，例如欧塞·唐金、鲁德维格·依德尔斯坦等，他定期地上他们的课。约翰·霍普金斯大学的思想史俱乐部可能是他获益最多的地方，那里定期的聚会集中了不少历史学家、哲学家、科学家和语文学家，这个俱乐部为他的两种活动——文学和医学，搭建了一座桥梁。果然，他回国后不久，1958年，他被任命为日内瓦大学教授，主讲的正是思想史。1958年—1959年，他在洛桑大学完成了医学博士论文《1900年之前的忧郁症治疗史》，在此之前的1957年，他已经完成了文学博士论文《让-雅克·卢梭：透明与障碍》。他拥有了两个博士学位，完全满足了他感兴趣的教学活动的执业条件，他自认"很有运气"[1]。1965年，他被任命

---

[1] 见让·斯塔罗宾斯基：《话有一半是说者的……》，日内瓦，拉多加那出版社，2009年，第19页。

为日内瓦大学法国文学教授。他主持两个学科的教学,直到1985年退休。1953年秋天,他刚到巴尔的摩,就聆听了哲学家亚历山大·科伊雷的讲演,这次讲演是后来的《从封闭的世界到无限的宇宙》这部巨著的雏形,让·斯塔罗宾斯基说:"这是我在深入文学研究很深的时候试图追随的榜样。我的工作并不直接地关涉到世界形象的改变,但是,从物理领域到哲学领域,一个词的语义演变在人类的话语中是起着很大作用的。"[①]科学和诗的结合,是让·斯塔罗宾斯基的追求,迄今为止,他不仅一直在自然科学和人文科学这人类思想的两大领域内工作,而且他的工作成果往往是科学的事实和艺术的美的结晶。

1960年出版的《让-雅克·卢梭:透明与障碍》使西方批评界认识了让·斯塔罗宾斯基,并迅速地将其置于日内瓦学派的阵营之中。由于乔治·布莱的鼓吹,以马塞尔·莱蒙为核心的几位日内瓦学者的工作成为西方文学批评界关注的重点,成为法国新批评之重镇,并称

[①] 见让·斯塔罗宾斯基:《话有一半是说者的……》,日内瓦,拉多加那出版社,2009年,第21页。

之为"日内瓦学派",俨然以学派的名义出现在世人面前。但是,这一称号并未获得日内瓦诸公的认可,例如让·斯塔罗宾斯基。他说:"对于从外面谈论的人来说,'日内瓦学派'的概念无疑是很方便的。习惯上将其归入的人(贝甘、莱蒙、鲁塞、布莱、我本人)并不把自己看作是由一种共同的理论联系在一起的一个学派的成员。他们从事文学批评,既不把它看成实证的科学也不把它看成一种信条的应用。如果要在他们中间发现一个共同点的话,那就是:技巧(语义学的、语法的、描述的)从属于个人的意图,这种意图或是宗教的(贝甘、莱蒙),或是美学的,或是人类学的,等等……缺乏一种方法论的共同点也许正是一种共同忠于自由阐释文化的文本和材料的迹象。"[1]这段话的意思是,日内瓦学派的诸位批评家并没有一个共同的理论要去实践,也没有一种共同的信条要去捍卫,他们唯一的共同点是自由地阐释文化的文本和材料。自由地阐释,正是让·斯塔罗宾斯基对批评家的使命的规定!在这种规定之下,理论的预设,

---

[1] 见弗朗克·贾克纳发表在《宏观与微观》(罗马,1975年1月)上的文章。

方法论的束缚,在自由地阐释的前提下,统统是可以打破乃至放弃的桎梏。让·斯塔罗宾斯基被认为是所谓"日内瓦学派"中最讲究批评方法论的批评家,但实际上,他是一位最灵活、最宽容、最善于兼收并蓄的批评家。他提出的"注视美学"、"批评轨迹"、"阐释的循环"等概念,极大地拓展了批评的领域,深化了阐释的范围。

二

"注视美学"是建立在一种对注视的主题学研究基础上的批评理论。在让·斯塔罗宾斯基关于注视的描述中,包含了他对文学批评的隐喻式的描述,这就是说,如果对象是一部文学作品,那么"注视"就是阅读,而阅读就是批评的"注视"。批评家面对文本,既是被动的,又是独立的,他一方面"接受文本强加于他的迷惑",一方面又"要求保留注视的权力"。他的注视说明他预感到在明显的意义之外还有一种潜在的意义,他必须"从最初的'眼前的阅读'开始并继续向前,直到遇见一种第二意义"。"注视"引导精神超越可见的王国,例如形式和节奏，进入对意义的把握。它使符号变成有意义的语句，进而推出一个形象、观念和感情的复杂世界。这个潜在的世界要求批评的注视参与并加以保护。因此，这个世界一旦被唤醒，就要求批评家全身心地投入。它要求接触和遇合，它加强自己的节奏和步伐，并强迫批评家紧紧跟随它。意义就在语言符号之中，而不在语言符号之外的某个"深层"。在这种对于意义的追寻中，批评的"注视"所提出的要求实际上指向两种极端的可能性。一种可能性要求批评家全身心地进入作品使他感觉到的那个虚构的意识之中，所谓理解，就成了逐步追求与创造主体的一种完全的默契，成了对作品所展示的感性和智力经验的一种热情的参与。然而，无论批评家走得多远，他也不能完全泯灭自身，他将始终意识到自己的个性。也就是说，无论他多么热烈地希望，他也不能与创造意识完全地融合为一。如果他真的做到了忘我，结果将是沉默，因为它只能重复他所面对的文本。一种可能性正相反，就是批评家和批评对象之间拉开距离，以一种俯瞰的目光在全景的展望中注视作品，不仅看到作品，也看到作品周围历史的、社会的、文化的、心理的诸因素,以便"分辨出某些未被作家察觉的富有含义的对应关系,解释其无意识的动机,读出一种命运和一部作品在其历史的、社会的环境中的复杂关系"①。然而,这样的俯瞰的注视将产生这样的后果,即什么都想看到,最后什么也看不清楚:作品不再是一个"特殊的对象",而是"变成了一个时代、一种文化、一种'世界观'的无数表现之一,终至消失"。阅读的经验证明,让·斯塔罗宾斯基提出的这两种对立的可能性都是不可能实现的,如果批评家固执地追求此种理想境界,必将导致批评的失败,即形成一种片面的不完整的批评。那么,完整的批评如何能够形成呢?让·斯塔罗宾斯基指出:"完整的批评也许既不是那种以整体性为目标的批评(例如俯瞰的批评所为),也不是那种以内在性为目标的批评(例如认同的直觉所为),而是一种时而要求俯瞰时而要求内在的注视的批评,此种注视事先就知道,真理既不在前一种企图之中,也不在后一种企图之中,而在两者之间不疲倦的运动之中。"② 这里,让·斯塔罗宾斯

---

① 《活的眼》,第26页。
② 同上书,第27页。

基提出了他的批评方法论的核心,即阅读始终是一个双向的动态过程,而其目的则是:"注视,为了你被注视。"这就是说,阅读最终要在批评主体和创造主体之间建立联系,在这种联系中,两个主体都是主动的,同时又都是被动的,都是起点,又都是终点,一切都在不间断的往复运动之中。因此,批评最好是认为自己永远是未完成的,"甚至可以走回头路,重新开始其努力,使全部阅读始终是一种无成见的阅读,是一种简简单单的相遇,这种阅读不曾有一丝系统的预谋和理论前提的阴影。"[①]批评在这种未完成的状态中往复运动,有可能上升为一种文学理论,走向批评的自我理解和自我确定。

关于批评的过程,让·斯塔罗宾斯基最喜欢的概念是"批评的轨迹":"从对一种包容性的理解的天真的欢迎,从一种受制于作品内在规律的、没有预防的阅读,到面对作品及其所处历史的自主的思考。"这是批评从开始到(暂时的)结束的全过程,就是说,批评从阅读开始,到一篇批评文字的产生结束,始终在"批评的关系"

---

① 让·斯塔罗宾斯基:《批评的关系》,法国伽利玛出版社,1970年,第13页。

中行进,也就是说,轨迹的运行是在一定的历史和社会中进行的。阅读无数次开始,批评文字也是无数次产生,永无终结。对一部作品采取批评的姿态,预示着两者之间要产生一种新的关系,无论是"俯瞰"的姿态,还是"认同"的姿态。批评家与作品的关系不是静止的,僵硬的,一成不变的,而是运动的,灵活的,时时变化的;它们之间互动的关系朝着最终的理解和阐释行进,"逐步走向知识的整体化,走向可理解的景象的扩展"①,同时,在理解与阐释的过程中表达批评家的思想与个性。从读者走向批评家,意味着从阅读走向批评,从水乳交融的阅读走向客观冷静的批评。于是,一种新的"批评的关系"产生了。理解产生于批评和文本的认同之中,接下来的工作就是阐释,而阐释要靠"客观的研究"。所谓客观的研究,指的是对作品的"客观的特性"(例如构成、风格、形象、语义价值等)所进行的内在的研究,即进入作品"内部关系的复杂系统",尽可能准确地辨认其"秩序和规则",同时,没有任何东西阻止批评者

---

① 《批评的关系》,第14页。

转向作品的客观结构,因为这些结构决定了他的感情的觉醒,总之,"没有一个细节是无关紧要的,没有一种次要的、局部的成分不对意义的构成起作用"①。让·斯塔罗宾斯基认为,文学作品既是一个自足的、完整的世界,同时又是一个更大的世界中的世界;他不仅与其他文学作品发生关系,同时又同本质上非文学的现实发生关系。这样,"一种历史的层面就进入了文化",文学作品成为一个更大的、它从中产生的世界的"缩微表现",并显示出一种"时代风格"。作品与外部世界的关系是在考察其内在结构时被抽象出来的,若要考察其中"存在"的方面,必然要借助哲学、心理学、社会学、文学史等人文社会科学的知识,这样,"作品作为事件的价值又重新出现,这事件源于一个意识,并通过出版和阅读在其他的意识中完成"。因此,既存在由世界通向作品的道路,也存在由作品通向世界的道路,从这里见出批评对作品的诘问。这就是"自由的思考",只有在此时,"作品的全部轨迹"才可以是被察觉的。让·斯塔

---

① 《批评的关系》,第 17 页。

罗宾斯基说,批评的轨迹是"自发的同情、客观的研究和自由的思考三个阶段的协调运动"。当然,实际的批评过程不会如此简单,三个阶段的划分也不会如此清晰,让·斯塔罗宾斯基说过:"假使同情一开始就存在,那我们可就进了天堂了。"[1]在具体的批评过程中,批评家和批评对象是并肩摸索前进的。理想的批评永远无法达到,但是它可以一步步接近,这接近的"一步步"就是批评的轨迹,批评的"余数"的存在决定了批评的轨迹永远是未完成的。

让·斯塔罗宾斯基说:"我的批评的轨迹这一概念包括了'阐释的循环'这个概念。我将其视为批评的轨迹的一个特别的情况,特别成功的情况。"[2]批评的延伸和往复的运动,其目的在于意义的追寻和阐释,并在不断展开的远景中逐渐完成对作品的诘问。诘问乃是阐释,然而对于让·斯塔罗宾斯基来说,阐释不是批评家对于作品的单向的行为,而是一种双向的、互为对象的

---

[1] 让·斯塔罗宾斯基与让·鲁多的谈话,载《文学杂志》,1990年9月号。

[2]《批评的轨迹》,第13页。

往复的运动,即作品向批评家提出一个又一个问题,在问与答的不断的运动中获得和加深对作品的理解,批评家也通过对作品的阐释改变着自己,这就是所谓的阐释的循环的"两重性"。"两重性"的意思是,"批评的轨迹"这一概念包含着两个阐释的循环,即在批评的运行中有两个并行的、同时的循环,一个是以阐释行为为中介的从客体(文本)到客体(批评文本)再回到客体(文本)的运动,此为德国人所言之的"阐释的循环",这是客观的循环;一个是经由文本的从主体(批评主体)到主体(作品主体)再回到主体(批评主体)的运动,此为"让·斯塔罗宾斯基的批评理论的最著名的特点之一"①,这是主观的循环。让·斯塔罗宾斯基的批评是一种兼及作品内外并在作品内外之间穿梭往返永无绝期的运动中的批评。这种批评没有终点,乃是对作品的理解和阐释没有终点。让·斯塔罗宾斯基指出,批评是"穿越无数循环的不可完结的过程,始终呼唤着批评的注视进入它自己的同时又是它的对象的故事中去。这就是理

---

① 卡梅罗·科朗杰罗:《让·斯塔罗宾斯基:目光的学习》,第79页。

解的意愿介入其中的此种无尽头的活动的形象。理解，就是首先承认永远理解得不够。理解，就是承认只要没有完全地理解自己，所有的意义就都悬而未决"。① 这里让·斯塔罗宾斯基提出了一个阐释学上的重要问题，即蒙田作为座右铭提出的问题："我知道什么？"此种怀疑论的态度乃是理解和阐释及其深化的动力和基础，也是自由地阐释的先决条件。他承认理解和阐释的极限，明确地指出："阐释和理解不应该以消解对象为目标。阐释和理解考验对象的抵抗。如果有必要，阐释和理解都应该承认有残留的部分，有'余数'，阐释话语不能触及，也不能阐明。"现代阐释学的任务乃是思考这种不能被阐释的部分，态度谦逊而不用强，充分考虑阐释行为的限度。在让·斯塔罗宾斯基看来，阐释学"不是指阐释行为本身，而是指实施阐释行为并考虑其限度的思考和计划"。这中间蕴含着"对方法进行批评的必要性"，这才是"批评精神的最纯粹的展现"②。

对作品的不同的诘问，需要不同的方法来回答。批

---

① 《批评的关系》，第79页。
② 同上书，第30页。

评界一向认为让·斯塔罗宾斯基是一位非常重视批评方法论的批评家,然而,他对批评方法的看法却是极通达、极灵活的,表现出一种罕见的清醒和智慧。他说:"任何真正的方法——我是说,可以放在任何有知识的手中,有明显的一致的效果——都是一种没有作者的权威。"①这就是说,"方法越是纯粹,就越是没有人能自称为创造者"。让·斯塔罗宾斯基认为,方法的有效"根本不取决于是否赋予方法的陈述一种先决的权威和一种理所当然的优先权"。方法的考虑始终伴随着批评的进行既说明着批评,又获益于批评,方法实际上是在批评工作完成的时候才完全地显露出来,而批评家也是在回顾走过的道路时才完全意识到他的方法。因此,"方法不能归结为一种直觉的、根据情况变化的、被唯一的神明指引的摸索,也不能给予每一部作品它似乎在等待的专门的答案"。自觉的方法调节着批评的轨迹。然而,批评的方法不是自动的,不是万能的,也不是一成不变的。任何方法都有其特殊的效用,因而都有其局限,都只能

---

① 《时代/斯塔罗宾斯基》,第 10 页。

适用于某一特定层面的问题。因此,"任何方法都不可能从原则上被抛弃,全部的问题在于知道该方法是否适用、专门和足够完整,知道它囊括阐释对象的总体或者仅仅是一部分,例如存在的方式之一种或意义层面之一种"[1]。方法是手段,问题才是目的,因此问题决定方法。但是,"不同的方法是互补的,不是互相排斥的"。形式的,社会学的,精神分析的,结构主义的等等,看起来是一些不相容的方法,实际上可以是并行不悖的,因为"这种种不同的阐释风格(让·斯塔罗宾斯基认为方法就是个人的阐释风格——笔者按)不决定探索的方向,其自身却是决定于先行提出的问题。它们是为了回答给定的问题而需要的手段。对批评家来说,重要的是能够增加问题并使之多样化。每一个问题都要求合适的手段"[2]。因此,当文学与人文科学诸学科的关系发生变化的时候,就必然会有新方法的出现,然而这对传统的历史方法来说,只能是一种补充和丰富,而不是一种排斥和取代。让·斯塔罗宾斯基深刻地指出:"在大多数

---

[1] 《批评的关系》,第169页。
[2] 《时代/斯塔罗宾斯基》,第18页。

情况下，方法论的恐怖主义不过是缺少文化的一块遮羞布，蒙昧无知的一种伪装罢了：由于和历史及作品没有真正的亲近，人们就幼稚地造出一些粗陋的工具——其科学的姿态往往使人生出幻想——人或书，文化或语言，都得在它面前交出自己的秘密。"① 这当然无助于作品的理解和阐释。其实，方法不是现成的，不是有"专家"设计好交由人使用的，"有时候倒是要自己打制的"②。让·斯塔罗宾斯基主张在批评事件中实行方法的"组合"。是"组合"，不是"拼和"，也不是"综合"。所以不是拼合，是因为不同的方法之间有联系，这种联系决定于批评和批评对象之间关系的变化。所以不是综合，是因为没有一种新的方法出现。在让·斯塔罗宾斯基的批评中，实证的方法，历史的方法，语义学的方法，社会学的方法，精神分析的方法，结构主义的方法等等，都曾为回答不同的问题而得到过灵活而有效的运用。他说："倘若需要界定一种批评的理想，我就提出严格的方法论（其操作方法与其可验证的程序有联系）和自省的随

---

① 《批评的关系》，第48页。
② 《时代／斯塔罗宾斯基》，第18页。

意（不受任何体系的束缚）之间的一种组合。"①总之，让·斯塔罗宾斯基是日内瓦学派中最注重方法论的批评家，是坚决反对为方法论而方法论的批评家，因此是一位超越了日内瓦学派的意识批评的自由的批评家。

三

1984年7月，让·斯塔罗宾斯基接受雅克·博奈的采访，提出了关于"批评之美"的看法："使得潘诺夫斯基的某些研究者或者乔治·布莱的《圆的变形》——还有其他例子可以指出——如此之美的，是研究工作都是通过严肃和谦逊来完成的。（批评之）美来源于布置、勾画清楚的道路、次第展开的远景、论据的丰富与可靠，有时也来源于猜测的大胆，这一切都不排除手法的轻盈，也不排斥某种个人的口吻，这种个人的口吻越是不寻求独特就越是动人。不应该事先想到这种'文学效果'：应该仿佛产生于偶然而人们追求的仅仅是具有说服力的

---

① 《批评的关系》，第31页。

明晰……我主张简洁，而非乏味和中立。如果人们反对我，说我在这里确定了一种批评的美学，说文章自己无迹可寻，只通过其表面的遗忘来显示它的诗的性质，那我无话可说。只有意思的追寻使作品走得尽可能远的时候，这种批评美学才能施其技，非如此我亦无话可说。意思的追寻，服从于意思（尚需寻找）的权威，这是一项工作，说它是道德的并非自命不凡。这是一个先决的要求。在此之后，如果批评产生了一部作品，而这部作品被认为是美的，那再好也没有了。"[1]20多年前，让·斯塔罗宾斯基为乔治·布莱的《圆的变形》写了一篇序，序的开头这样说："某些思考和批评的学术性的著作在读者的理智上唤起一种精神之美的感觉，这种美使它们与诗的成功相若。它们具有一种唤起的能力，一点儿也不让与最自由的文学语言。它们源于同一种自由，因为追求真理而尤为珍贵。乔治·布莱的《圆的变形》是最好的例证之一。在这种情况下，诗的效果越是不经意追求，则越是动人。它来自所处理的问题的重要性、探

---

[1] 《时代/斯塔罗宾斯基》，第17—18页。

索精神的活跃和经由世纪之底通向我们时代的道路的宽度。它来自写作之中的某种震颤和快速的东西、连贯的完全的明晰和一种使抽象的思想活跃起来的想象力。它从所引用的材料的丰富和新颖上、从其内在的美上、从其所来自的阅读空间的宽广上所获亦多：乔治·布莱的目光为了写作这本书而问询的文化景观中，文学、神学和哲学的界限消失了；语言的分别被忽略了，每一个作者都在自己的语言中被阅读。法国（和法语瑞士）、意大利、西班牙、德意志、昂格鲁－萨克逊世界提供了互相说明的伟大例证，在思想的统一的秩序中遥相呼应。被探索的领域——不存在任何系统和彻底的奢望——几乎是西方的全部文化领域。"① 这两段话，相隔20年，一是口头上的，措辞文雅，但不那么严谨，一是文字上的，用语明晰，并显得非常精炼。话语不同，然而表达的思想却是那么一致，丝毫没有矛盾之处。把这两段话加起来，我们就有了关于批评之美的完整的论述：明晰，简洁，深刻，严谨，丰富的论据，广阔的视野，自由的

---

① 让·斯塔罗宾斯基为《圆的变形》写的序，第7—8页。

想象，轻盈的手法，于不经意中达到诗的或文学的效果，这就是批评之美，或曰批评的美学。

四

1987年至1988年冬，让·斯塔罗宾斯基在法兰西学院做了八次讲座，主题是"忧郁的历史和诗学"，其中三次讲的是波德莱尔的诗，后结集成为一本小书，于1989年出版，就是这本《镜中的忧郁》。伊夫·博纳富瓦在为这本书写的序中说："忧郁可能是西方文化最具特色的东西。它产生于神圣事物的衰败、意识与上帝之间日益扩大的距离当中，它被各种情势和最为不同的作品折射与反映，它是那种自希腊人以后不断产生但从来也不曾摆脱怀旧、遗憾和梦想之现代性的核心内容。从它那里产生出呼喊、呻吟、笑声、怪异的歌和活动的小军旗，这长长的队伍在我们各个世纪的烽烟中经过，丰富着艺术，散布着非理性——有时候，这种非理性在乌托邦主义者或意识形态学者那里乔装成极端的理性。"他用几句话就说出了忧郁在西方文化中"可能是最具特色的东西",其根据是忧郁的"历史和诗学",忧郁的历史:产生于希腊人,此后从未摆脱怀旧、遗憾和梦想;忧郁的诗学:丰富着艺术,散布着非理性。

在相传为亚里士多德(公元前384—322)所作的《三十个问题》中,他向学生问道:"为什么在哲学、诗和艺术方面杰出的人都是忧郁的,某些人还染上了由黑色的胆汁引起的疾病,像赫拉克勒斯在英雄神话中那样?"言下之意,忧郁不都是病,只有其极端者才是病。公元三世纪末,神的世界日渐萎缩,对神的信仰日渐动摇,基督徒们抛弃了社会,遁于埃及和叙利亚的沙漠之中,一种不可控制的思想将他们投入沮丧。这种思想就是忧郁,忧郁被称为"神圣的疾病"。被社会抛弃的人,特别是艺术家,被称为"土星的孩子",而正是但丁(1265—1321),在《神曲》的《天堂篇》中,把土星称为"沉思与智慧之星"。在西方语言中,土星这个词的另一种意思是忧郁、伤感,可见忧郁乃是沉思与智慧的结合。中世纪是忧郁的黄金时代,意大利神学家马西勒·费奇诺(1433—1499)说:"神圣的疯狂与精神的英雄主义是土星的影响。"150年之后，英国人罗伯特·伯顿（1577—1640）出版了一部百科全书式的、2000多页的著作《忧郁的剖析》，将忧郁症称为"英国病"，第一次将忧郁和医学联系在了一起，他开列了谵妄、狂乱、怪癖、恐水、变狼妄想等名单，排列了忧郁的大人物的队伍，然后指出治疗的办法。他说："在求助于医生之前，首先要向上帝祈祷。"他说的办法包括：制定饮食制度，进行体育运动，乡间散步等等。但是，在艺术领域，忧郁产生了"孤独与沉思"，造就了一大批著名的作家、诗人、画家、哲学家和各个门类的大师级人物。泰纳在《英国文学史》中论到伯顿："伯顿是一名教士，大学里的隐遁者，在图书馆里隐遁一生。他博览群书，跟拉伯雷一样博学，记忆力超强，满脑子知识。他变化无常，是个性情中人，时不时会兴高采烈，但大多数时候是忧郁的，闷闷不乐，他甚至在他的墓志铭里直言不讳地说忧郁症成就了他的生与死。他首先是个有独特见解的人，相信自己的感觉，具有英国人奇特的性情。这种人内向，想象力丰富，谨小慎微，脾气古怪，会在不同的场合扮演不同的角色，比如诗人、自我中心主义者、幽默的人、疯子或清教徒。"① 启蒙时代,例如狄德罗,将忧郁说成是疯狂和非理性:"没有什么比习惯性沉思或学者的状态更违背自然的了。人生来是为了行动……自然人天生不善于思考,却喜欢行动;科学家相反,想问题有余,行动不足。"② 夏多布里昂笔下的勒内开创了浪漫主义时代的孤独、高傲、无聊和叛逆的人物典型,在他的前后有维特、阿道尔夫、奥伯尔曼、曼弗雷德等精神上的伙伴,他们提供了不同的疗治忧郁的方法,或自杀,或浪游,或离群索居,或遁入山林,或躲进象牙之塔,或栖息温柔乡。他们的忧郁不是生理的病,而是"世纪病",一种特殊的、具有时代特色的精神状态:他们或是要冲决封建主义的罗网,追求精神和肉体的解放;或是忍受不了个性和社会的矛盾而遁入寂静的山林;或是因心灵的空虚和性格的软弱而消耗了才智和毁灭了爱情;或是要追求一种无名的幸福而在无名的忧郁中呻吟;或是对知识和生命失

---

① 转引自《何谓欧洲知识分子?》,(德国)沃尔夫·勒佩尼斯著,李焰明译,第31页,广西师范大学出版社,2011年。
② 同上书,第96页。

去希望而傲视离群，寻求遗忘和死亡。总之，19世纪既是一个自我膨胀、自我满足的世纪，因为科学给人们带来了盲目的乐观，又是一个无聊、烦闷和怀疑的世纪，忧郁成为否定社会、逃避社会的悲剧，从波德莱尔开始，忧郁成为一种形而上的绝望。自从尼采宣布上帝已死以来，建立在信仰的保证之上的世界已经失去了存在的根据，人类从此与孤独和绝望朝夕相处。逃避令人失望的现实，忧郁的态度变成了对世界的否定。文学成为典型的表现，大城市孤独的人是最著名的形象，例如，在波德莱尔那里，忧郁成了一种精神上的绝望。进入20世纪，美好社会的巨大的乌托邦被历史击得粉碎，文学、艺术、哲学等将人们逼入自我的反省或封闭。现代性变成了后现代性，实际上面对历史的乐观主义变成了悲观主义，完全失去了对于进步的幻想，产生于启蒙时代的基本计划纷纷破产，人们的主观世界与客观世界渐行渐远。

没有任何一种精神状态比忧郁更长久地、而且将继续困扰着西方世界，它成为人类的核心问题，并表现在哲学、文学、医学、心理学、宗教及神学之中。它具有神秘的两重性，一方面，它是导致疯狂和自杀的一种精神疾病，法文称为"la dépression nerveuse"，中国人称为"抑郁症"；另一方面，作为一种精神状态，它表明了人的沉思可以达到的高度，让·斯塔罗宾斯基准确地描述了这种两重性："亚里士多德，以后还有费奇诺，建立了一种持久的定义：忧郁者是比任何人都能够提升到最高思想的人；但是，黑色的胆汁不管多么炽热，如果它耗尽或变冷，就会变得和冰一样，根据波德莱尔使用的词汇，转化为'黑的毒'。我们再一次注意到文学和寓意画的传统，如其从16和17世纪以来的发展，这就够了：忧郁者，其精神翱翔于连续直觉的极乐中；还是忧郁者，他再一次退居于孤独之中，他在静止中突然倒下，被绝望之麻木和迟钝所侵袭。"像让·斯塔罗宾斯基和沃尔夫·勒佩尼斯这样的学者，在忧郁这种精神状态中看到的是人的意识置身于客观世界的幻想破灭的距离中间。让·斯塔罗宾斯基说："狂热与沮丧：这种双重的潜在性属于同一种性情，仿佛两种极端状态之一伴随着有可能相反的状态：危险与机会。画家、雕刻师、雕塑家提供的形象，又是缺少确实的迹象以区别无果的忧愁和丰富的沉思、空虚的沮丧及圆满的知识。有灵感的庄严，沉思的天才，常常处在这种状态的中间，表现这些人物的艺术家希望我们了解他们徘徊在死亡的感情和不朽的思想之间。从这里产生出暧昧的意义，在视觉艺术中，俯身的人的姿态，又是一只手托住的头，可能具有这些意义。"低垂的头，是忧郁典型的象征姿态。"他们俯身向着什么，这些人物？有时是向着虚无，或向着无限的远方。有时是向着一些符号，那里有精神遇到了另一些精神的痕迹：对开本的书或难以理解的书，几何图形，天文表，无解的方程，或者，忧愁占上风的时候，则是废墟，漏壶，头盖骨，倒塌的建筑物——古老的死人预言未来的死亡。在忧郁者的眼中，在巴洛克大师的画中，展现出象征转瞬即逝的东西：拉断的项链，燃尽的蜡烛，脆弱的蝴蝶，无声的乐器，被终止线结束的旋律。观者的思想通过 memento mori（死亡的回忆）与忏悔被引向永恒。忧郁者的眼盯着非实体和易消亡的东西。"让·斯塔罗宾斯基告诉我们："观者的目光应该对着相反的方向。"何处是相反的方向？相反的方向就是象征所指的方向。观者的目光应该是一种理性的目光，观察的目光，分析的目光。转瞬即逝的东西中蕴含着永恒，这就是为什么在陷入心无旁骛的沉思时,忧郁者往往能探求到永恒的真理。

五

《镜中的忧郁》,如书名所示,让·斯塔罗宾斯基把这本书的主题限制在"关于波德莱尔的三篇阐释"上面。他的阐释"是不完全的,是部分的。不仅忧郁的历史和诗学更为完整的面貌未曾以暗含的方式提及,甚至也未曾对波德莱尔的忧郁之表现的全局提供一个分析"。他讲课的内容只是:"忧郁者如何说话?诗人和剧作家如何让他们说话?他们给予他什么样的口吻?人们如何向忧郁者说话,就是说,人们向他提供什么样的安慰和音乐?忧郁如何变成一个独立的人物。"忧郁是让·斯塔罗宾斯基的主题,他不是完全从治疗的角度来接近忧郁,也不完全从美学的角度来阐释忧郁,他是从医学和美学相结合的角度在大量的材料中"划出一条道路,放弃附属的小路",对忧郁作出了全新的解说。

第一篇阐释针对的是波德莱尔的好几首诗,其中之一写于1843年前后，诗无题，只写着"献给圣勃夫"，未收入《恶之花》。这首诗很长，阐释未全引，只引用了与忧郁有关的部分。这篇阐释分为两节，第一节的题目是《忧郁，在正午》。

1838年8月3日，关于"现代著作"，波德莱尔在给母亲的信中写道："这一切都是虚假的，过分的，荒谬的，浮夸的。……只有维克多·雨果的剧本和诗、圣勃夫的一本书（《情欲》）使我感到快乐。"第一节中，波德莱尔在这首献给圣勃夫的诗中，提到了"阿莫里的故事"（"我把阿莫里的故事放在心上"），阿莫里是圣勃夫的小说《情欲》的主人公。他出身贵族，无所事事，在上流社会的社交场合混迹数年，最后进了修道院，当了神父，随即漂泊至美洲。他苦闷彷徨，无聊孤独，患上了世纪病。所谓"世纪病"，乃是十八十九世纪之交被普遍采用的，用以描述一种特殊的、具有时代特色的精神状态，那是一代青年在"去者已不存在，来者尚未到达"这样一个空白或转折的时代所感到的一种"无可名状的苦恼"，这种苦恼源出于个人追求和世界秩序之间的尖锐失谐和痛苦对立。简言之，就是忧郁。波德莱尔在给母亲的信中明确地说，只有圣勃夫的小说《情欲》使他感到快乐。让·斯塔罗宾斯基指出："忧郁是波德莱尔亲密的伙伴。"在这首诗中，波德莱尔第一次用了"忧郁"这个词（"当一切都在熟睡，忧郁，在正午"），以后在整本《恶之花》中，他几乎没有再用过这个词。的确，"忧郁"这个词被人们用得"太滥了"，波德莱尔非常谨慎，他必须"进行转移"，采用同义词，求助于比喻。他采用了寓意化以及人格化的寓意的方法，"用别的词、别的形象说出了忧郁"，例如 le spleen，le dandy，这些来自英语的外来词。但是，让·斯塔罗宾斯基说："困难的是确定寓意是波德莱尔的忧郁之主体，还是影子。"我认为，从他对波德莱尔这首诗的描述来看，他确定了寓意乃是"波德莱尔的忧郁之主体"，因为他听到了"一本书的遥远的回声"，这本书是圣勃夫的《情欲》，他中学时代的"无聊"正是寓意化了的忧郁，进而将这寓意加以人格化：狄德罗的小说《修女》的主人公苏珊·西蒙南，在无聊的引导下登场了。人格化的忧郁是"一只手托住下巴"的女人，是"拖着早熟的无聊而沉重的脚"的苏珊·西蒙南，"一口大钟"让人联想到《恶之花》中的《忧郁之四》:"几口大钟一下子疯狂地跳起,朝着空中发出可怕的尖叫……",而《忧郁之四》中的"忧郁"并没有用法文的 la mélancolie,而用的是法语化的英文 le spleen。忧郁的人格化,人物形象寓意化,寓意化的对象是忧郁。寓意和忧郁,忧郁和寓意,成了一种循环。但丁、阿兰·夏尔吉埃、夏尔·德·奥尔良、狄德罗,还有莎士比亚,以及他们的作品,都成为"忧郁"的资源或参照。

让·斯塔罗宾斯基认为,波德莱尔的"美的理想"是忧郁必需的构成部分,他在波德莱尔的《焰火》中的言论找到了根据:"我不能想象一种美是可以没有不幸的。……男性美的最完美典型是撒旦,——弥尔顿是这样说的。"同样的道理,女人的脸上最具有诱惑力的美是"快乐与忧愁的混合"。他拉来了法国当代诗人彼埃尔·让·儒佛以为援手,后者也主张"不幸美学"。他不必自己出面,只以波德莱尔之言来证实波德莱尔的思想,他谈到"一种情绪,这种情绪据医生说是歇斯底里的,据思想比医生来得深刻的人说是撒旦的"。撒旦正是"美的理想"。波德莱尔是矛盾的,一方面,他希望

"享受和恐惧"来培养他的"歇斯底里",另一方面,他又希望"医治一切,医治困苦、疾病和忧郁"。

在莎士比亚的悲剧《理查二世》中,"理查二世带了一面镜子,看到了他的悲伤的标志,然后把它砸碎了",让·斯塔罗宾斯基由此进入镜子与忧郁的关系之中:反射与观看。满足与孤独,恰似两面镜子,反射着忧郁,一是"不育的满足",意味着孤独;一是"产生于痛苦"的情欲,意味着"满足"。于是,忧郁和镜子之间建立了"牢固的联系"。他通过七首波德莱尔的诗:《告读者》、《一本书的题词》、《忧郁之四》、《献给圣勃夫》、《声音》、《远行》、《喷泉》,和波德莱尔的随笔:《焰火》、《现代生活的画家》、《芳法罗》、《镜子》,提到莎士比亚的喜剧《皆大欢喜》、弥尔顿的诗《幽思的人》、狄德罗的小说《修女》、圣勃夫的小说《情欲》,论及但丁、阿兰·夏尔吉埃、夏尔·德·奥尔良、彼埃尔·让·儒佛,等等,一篇五千字的阐释竟引用了如此丰富的材料,让·斯塔罗宾斯基的批评方法之一的"旁征博引",于此可见一斑,但是如此丰富的材料并不让人感觉到拥挤,其原因在于:在大量的材料之中划出一条道路，放弃附属的小路，循序渐进。此点在其他的阐释中皆有体现，兹不赘述。

让·斯塔罗宾斯基在序言中说："我喜欢用一系列相互联系的问题来引导……"这个问题是"忧郁和镜子之间的联系"。第一篇阐释的第二节是《反讽与反省：〈自惩者〉与〈无可救药〉》，《自惩者》这首诗的基本内涵是：诗人是其情人的刽子手，然后又成为诗人自己的刽子手，其转换的关键是反讽，反讽是一面镜子，情人的目光犹如美杜莎的目光，使诗人石化。

阐释的第一节《〈忧郁，在正午〉》乃是"忧郁"乔装登场的序曲，忧郁在镜子中的活动则在第二节《反讽与反省：〈自惩者〉与〈无可救药〉》中展开。正午，是魔鬼借着"恼人的慵懒"施展淫威的时刻，而忧郁的人物迈着缓慢、沉重的脚步出现在"无可救药的虚荣面前"，这虚荣正是镜子，"诗的主体"（即抒情主人公）揽镜自照，照出了自己的"痛苦"（"你的精神是同样痛苦的深渊"）："他把加之于他人的痛苦反转成自己的痛苦。""加之于他人的痛苦"与"自己的痛苦"，"打击他人的力量"与"自身的折磨"，成为可以相互转换的两种精神状态：施虐与自虐。忧郁披着反讽的外衣，登场了："难道我是不谐和音，/在这神圣交响乐中，/由于那贪婪的反讽，/摇晃又噬咬我的心？"原文中，"反讽"一词首字为大写，意味着拟人化和寓意化，使这个人物显得"崇高"。作为诗的主体的"不谐和音"，由于反讽而变得"多样化与片段化"，在"神圣交响乐"中自然地、"出乎意料"地完成了向"我"的转化。诗人（诗的主体）通过反讽成为镜子，"悍妇"（诗人的情人）在其中变得"阴森可怖"："我是镜子，阴森可怖，/悍妇从中看见自己。"反讽是忧郁在镜子中的"反映和反映的行为"。反讽是"自我嘲笑"，是"重复的思考"，是"思考的思考"，是忧郁在其"精致"、"精神化"的过程中对人的一种戕害："反讽因噬咬、贪吃而具有一副禽兽的面貌。"让·斯塔罗宾斯基根据古典医学的传统体液论，准确地将忧郁界定为"黑的毒"，破坏的首先是人的脑子。波德莱尔则反其道而行，"用反讽取代忧郁"，使忧郁"精致，使其精神化"，从而忧郁戴上了反讽的假面，"噬咬我的心"。

"忧郁的人与世界音乐（文艺复兴哲学的 musica

mundana）之间的不和谐乃是心理内部不和谐的结果，在这种不和谐中，拟人化的反讽具有内心敌人的形象。"这是让·斯塔罗宾斯基对波德莱尔的反讽所下的一个结论：施虐与自虐的转化。他通过连用五次"是"的细腻分析（"我是尖刀，我是伤口！／我是耳光，我是脸皮！／我是四肢和轮子，／受刑的人和刽子手！"），深刻地揭露了在忧郁的控制下，"我"这个抒情主体如何"转化成镜子的意识以消极的方式感受到映像"，绝望地感到"反映的消极性"，因为我－镜子"凝固在它的静止的、光滑的固体性之中"，"象征着忧郁的一种极端的面貌：它是不自由的，它是纯粹的剥夺"。反讽成为撒旦的"表象"，而"男性美的最完美典型是撒旦"。

《无可救药》是第一篇阐释针对的、全篇引用的第二首诗，这是一首"既无我也无你"的纯粹的哲理诗，让·斯塔罗宾斯基说，"这种无人状态产生于忧郁的反省"。《无可救药》表达的思想是：人的一生是一种不幸，是一种恶，或者说是"恶的本身"，而"恶的意识"是人的尊严，因为"自知的恶不像不自知的恶那么可恶，而且更接近于治愈"（波德莱尔语）。

陷于噩梦的"天使",投入漩涡的"疯子",徒劳地摸索的"中邪人",没有灯的"亡魂",黏滑的"怪物",困在极地的"船",这种种鲜明的形象象征着"无可救药的命运",迫使人们对忧郁作出反省,反省的结果是"心变成自己的明镜",终于明白:有星辰"颤动",有地狱"讥刺",有火炬"魔鬼般妖娆",我们终于有了"恶的意识"。让·斯塔罗宾斯基描述了反省的全过程:"从黑色的、泥泞的水到不幸的、运动感的水晶监狱(挣扎拼搏,苦战,摸索),再到完全的静止;从'观念'和天使般的'存在'到船:各种象征的连续出现指向凝固,指向死亡,指向精神化和非人化。最后的障碍——'水晶的陷阱'——宣布了简短的第二部分所代表的'明镜'。"这正是这首诗的第二部分,它成为忧郁的"明镜","心变成自己的明镜",第一部分是连续出现的种种象征,在第二部分映出这些象征的明镜,通过"跌进"、"淹没于"、"在黑暗中"、"身旁"等一系列前置词的运用把它们一一表现出来,也就是说,"通过诗的途径"表现出来。

六

第二篇阐释针对的是《天鹅》，是《巴黎风貌》中一首富有写实色彩、极具象征意义的诗，歌咏的是流亡和流亡者，全是弥漫着浓重的忧愁和对往昔的怀念之情。这首诗是献给维克多·雨果的，而雨果当时正因反对拿破仑三世而在泽西岛流亡，所以，这首诗具有强烈而深刻的现实背景。

在这篇阐释的开头，让·斯塔罗宾斯基就提出了亚里士多德给忧郁下的定义："忧郁者是比任何人都能够提升到最高思想的人。"他以此为出发点提出："俯身的人的姿态"，"一只手托住的头"，有时说明忧郁者"徘徊在死亡的感情和不朽的思想之间"。波德莱尔想象中的安德玛刻正是这样的一个"俯身的人"、一个"低垂的头"：面对着"小小清涟"，"在一座空坟前面弯着腰出神"，"这可怜、忧愁的明镜"映出了无限庄严的"寡妇的痛苦"。"您的泪加宽了骗人的西莫伊"，安德玛刻将眼前的小河当作故乡特洛伊的西莫伊河，"永恒的忧郁在像它一样平静的池水中映照着自己的面容","不在场"的精神"有时是向着虚无,或向着无限远的远方","忧郁者的眼睛盯着非实体和已消失的东西",总之是"徘徊在死亡的感情和不朽的思想之间"。安德玛刻的形象是忧郁者的形象,同时也是波德莱尔的忧郁投射的产物。这首诗分成两个部分,"实现了镜子的效果",两个前置词"曾经"接连出现("曾经映出"和"曾经横卧"),一个是"小小清涟",一个是天鹅逃出的动物园,"实现了镜子一样的、可以互换的结构"。也就是说,旧巴黎的毁弃和新巴黎的诞生如同一面镜子,映照出安德玛刻的痛苦和忧愁,引而申之,诗人联想起"黑女人"、"一去不归的人"、"孤儿"、"被遗忘在岛上的水手"、"囚徒"、"俘虏"和"其他许多人"。呜呼,痛哉思也!

天鹅之"又可笑又崇高"反衬出安德玛刻的痛苦之"无限庄严",犹如镜子反映忧郁,代替了安德玛刻所忍受的"日益加深的残忍和大量的怜悯"。让·斯塔罗宾斯基通过修辞的手段,指出"安德玛刻,我想到你"和"我想起那只大天鹅"中的"想"的重复使用,"激起了思想回到它自己的足迹之上","增强了流亡的现时形象"。想到"其他许多人"等等,诗人的思绪"使诗直到最后一行都像一首乐曲一样,没有结论式的节奏,没有局部的返回。仿佛这首诗提到'初具形状的柱头'之后,它自己也处在'初具形状'的状态"。《天鹅》一诗,乃是忧郁者失去了"内在时间和外在事物的运动"之间的关联,或是时间过于缓慢,或是他不能及时地作出回答,"'凡人的心'和'城市的模样'之间速度的不协调、不同步是忧郁状态的最惊人的表现之一"。巴黎城市的拆毁与重建,在波德莱尔心中引起的是一种忧郁的情绪,这是《天鹅》所具有的社会-政治的含义,这也是人们理解《天鹅》不可忽视的途径之一。

让·斯塔罗宾斯基说,在西方的文化传统中,"忧郁的人物或者人格化的忧郁被一堆乱七八糟的东西包围","最糟糕的忧郁"是不能被超越的忧郁,这种忧郁"成为一对乱七八糟的破烂的俘虏"。但是,波德莱尔笔下的忧郁经过想象力的处理,新的工程和拆毁的旧物杂而有序地混在一起,"画面重新组织了在分解的面貌下提供和继续提供的东西",正如列昂·达文的版画描绘了罗马初建时的场景。在这样的背景上,出现了逃出樊笼的天鹅,出现了在小河边沉思的安德玛刻:"赫克托的遗孀,埃勒努的新妇!"往日的贵妇,如今变成了卑贱的奴隶。故乡的大河变成了"小小清涟","骗人的西莫伊",这是一个河流的"堕落的形象"。在天鹅的"有蹼的足"下,只剩下"干燥的街石"和"没有水的小溪",在堕落的词源学的意义上,"堕落不仅仅缩减为'平凡',更有甚者,还是枯竭,是干涸",这里我们看到了让·斯塔罗宾斯基的一个手法,或者说一个习惯,他善于追根溯源,从一个词的诞生开始追索其意义,虽然他说过:"我不大喜欢最后求助于词语来历的论据。"不是"最后",而是最先,也就是说,从词源学入手而不是依靠词源学得出最后的结论,那么"词语来历"就会有不同的作用。诗歌的修辞手段,例如"声音的因素"、"背景和寓意化的形象与没有名姓的群众"的对立、矛盾形容法等等,突出了阴郁忧愁的氛围:"那黑女人,憔悴而干枯",清楚地显现于"透过迷雾的巨大而高耸的墙"。天鹅的出逃,在"干燥的街石"上逡巡,象征着摆脱不了的窘境:"忧郁是干燥和冰冷的",

波德莱尔的直觉发现了传统体液病理学说指明的这两个特点。对于天鹅来说，逃出樊笼并不等于进了天堂，"表面上获得的自由其实是一种更加严重的分离"。分离，这里说的是内心世界与外在事物之间的关系。诗的第一部分是各种形象的象征意义，如"鸟喙伸向一条没有水的小溪"，象征着"渴，匮乏"等，第二部分"加重了反讽"，"在一种苦涩的满足之中吮吸着'痛苦'，或在'泪'中痛饮"，直到最后，"一片充满敌意的大洋判决水手监禁在岛屿－监狱里"。

《天鹅》一诗有许多悖论和反转。所谓"悖论"，指的是，当诗人穿越新卡鲁塞尔广场的时候，回忆起了安德玛刻的形象，与小小清涟相反，不由得又想到天鹅，"最遥远的事物产生了一连串的联想"。所谓"反转"，指的是，天鹅"伸长抽搐的颈，抬起渴望的头，／望着那片嘲弄的、冷酷的蓝天"，其垂直的姿态指向蓝天，意味着一种"缺乏"，一种"不在"。这种"多产的回忆"说明，形象的圆满与剥夺相反相成："任何圆满都与匮乏相连，任何匮乏都是极度'出神'的源泉。"波德莱尔的天鹅成了"第一个人的滑稽模仿的形象"，它

"转向一个不回答的天空,转向一个只能成为挑战和'诅咒'的目标的上帝"。天鹅"接近了寓意的地位。它象征着丢失、分离、剥夺、徒劳的焦躁。在波德莱尔的笔下,"寓意有两种表现的方式":一是赋予普通生活一种意义,一是给予抽象的实体一种物质化的形象。在这两种寓意化中,我们看到了一种"重叠的意义"。我们对于这种重叠的意义可以作出双重阐释:寓意表现出极端的丰富,每个理性的实体都可以在其中得到表现;或者,在我们的感知中真实必须添加一种意义,防止任何意义的消失。这样的双重阐释可以接受过满或不足。此外,当我们面对不堪忍受的客观世界而变成盲人的时候,忧郁可以使我们热衷于一种虚构,这种虚构将是一种真实观念的投射,可以掩盖实存世界的空虚。

"安德玛刻,我想到您!""我想起那黑女人……",这"想到"或"想起",表明忧郁的"反复思虑"的状态,它可以"激活意识,开始一段解放的时间"。"想",是一连串思维活动,它蜷缩在伟大的女性的怀中,它指向不幸的人们,它使想的人(即诗人)"陷入沉思,遭受折磨"。所以,让·斯塔罗宾斯基强调:"思想的运动不止于赋予可见的形象一种寓意的意义。它更多的是朝向人,使他们集合在'流亡者'的整体中。"诗的最后一节说明:"在变化了的城市中,在'卢浮宫前面',使人感觉到自己处于流亡的状态,他的'精神'想象在森林中流亡,自愿地逃亡在遥远的树林中。一种新的回忆与新的流亡,两种幻象遥相呼应。"当然,我们仍处在忧郁之中,但是"不祥的重力已经被有声的流动性所取代",如"号声频频",号声与石头所构成的"回文"(le cor 与 le roc),压在他身上的东西变轻,"喘息的圆满紧跟着'空坟'的浮现,我们就这样接触了精通音乐的忧郁区域,在那里,悲伤不再是难以忍受的,哀伤不再与沉默相连,快乐也许以反常的方式混合于痛苦,就像安德玛刻的'出神'已经宣布的那样"。寓意接着寓意,不断地涌现,在令人憎恨的新巴黎中,石化,非人化,终于被波德莱尔头脑中涌现的"许多人"打破了。

七

让·斯塔罗宾斯基在《前言》中问道:"人们如何

向忧郁者说话,就是说,人们向他们提供什么样的安慰和音乐?"第三篇阐释《最后的镜子》作出了回答。他引证了波德莱尔的《沉思》,诗中说:"听话,哦,我的痛苦,别这样吵闹。"声音是低低的,语调是柔和的,劝慰是婉转的:"寓意散漫地混入黄昏的光亮;诗人轻柔地对他的'痛苦'说话,向它展示据有空间和时间的奇妙姿态的低垂的头。""悠悠岁月俯身/在天的阳台上"正是"低垂的头,朝着镜子的观看",忧郁的沉思诉说着痛苦。然而观看的并不是自己,而是"笑盈盈的惋惜",这是一种新的忧郁。波德莱尔的另一首诗《被冒犯的月神》,被称为"反讽的、悲怆的",其中月神对诗人说:"没落世纪之子,我看见你母亲,/对镜俯下多年的重重的一堆,/给喂过你的乳房艺术地擦粉!"擦粉,强调了母亲没有眼泪,"艺术地"一词,强调了母亲像戈雅的版画《随心所欲·至死不渝》中"揽镜自照的老妇",而诗人,则追求一种更加困难的艺术,"在寻章摘句中碰破额头"。

面对镜子的母亲形象在波德莱尔的另一首诗中出现了,这首诗叫做《我没有忘记……》,写的是诗人对童年的一段回忆："傍晚时分，阳光灿烂，流光溢彩，／一束束在玻璃上摔成碎块，／仿佛在好奇的天上睁开双眼，／看着我们慢慢地、默默地晚餐，／大片大片地把它美丽的烛光／洒在粗糙的桌布和布窗帘上。"这首诗中的"我没有忘记"相当于《天鹅》中的"我想到您"，只不过"忆起的时光是流亡之前的时光，忧郁之前的时光，镜子之前的时光"。痛苦不存在于这首诗中，它存在于"烛光"的热度之中。

《情人之死》是一曲爱与死的交响，"是忧郁的阴暗内容在辉煌的火焰中燃烧殆尽"："两颗心竞相燃尽最后的热量，／最后将变成两只巨大的火把，／在两个精神，在孪生的镜子上／相互映出了彼此双重的光华。"双重的镜子射出"唯一的闪电"，"唯一的闪电"在死亡中结合，放射出光辉。双重的镜子反射的不再是"心灵的火炬"，而是"完美的辉煌"，是"梦想"，它重新融入《巴黎的梦》的"可怖的风光"："……也是／明晃晃的巨大镜面，被所映的万象惑迷！"天空所具有的黑暗中断了梦想，只留下一面巨大的镜子，无限的闪烁构成了无限的面。"当黑夜来到我们身上时，它们清晰地返回给我们的是我们的影子"。这是最后的镜子，它反射的是我们的忧郁。

请允许我引用自己的话："明晰，简洁，深刻，严谨，丰富的论据，广阔的视野，自由的想象，轻盈的手法，于不经意中达到诗或文学的效果，这就是批评之美，或曰批评的美学。"让·斯塔罗宾斯基的《镜中的忧郁》充分地体现了这种批评之美，难怪法兰西学院教授伊夫·博纳富瓦在为本书写的序中怀着依依不舍的心情写道："这个冬天，在第八教室，这种权威性几乎是可以从专注带来的寂静中具体地感觉到的。"冬天，第八教室，专注带来的寂静，瑞士人的权威俘虏了巴黎人的头脑和心。

序　言

没有必要提醒大家注意让·斯塔罗宾斯基的著作的丰富性、多样性和重要性，他在当代批评的第一排中，自有其位置。我这里仅仅提出一点看法。

他在法兰西学院①讲课的主题是忧郁，在潘诺夫斯基和萨克斯②之后，他比任何人都更加注意将忧郁置于艺术史家和文学史家关注的中心地位；显然，没有什么

---

① 译注：法兰西学院，法国的教育机构之一，始建于 1530 年。该学院设有五十余个教授职位，没有固定的学生，面向社会进行独立的教学。

② 译注：潘诺夫斯基（Erwin Panofski, 1892—1968），美国艺术史家，原籍德国。萨克斯（Fritz Saxl, 1890—1948），奥地利艺术史家。

比这种研究更为正当,因为忧郁可能是西方文化最具特色的东西。它产生于神圣事物的衰败、意识与上帝之间日益扩大的距离当中,它被各种情势和最为不同的作品折射与反映,它是那种自希腊人以后不断产生但从来也不曾摆脱怀旧、遗憾和梦想之现代性的核心内容。从它那里产生出呼喊、呻吟、笑声、怪异的歌和活动的小军旗,这长长的队伍在我们各个世纪的烽烟中经过,丰富着艺术,散布着非理性——有时候,这种非理性在乌托邦主义者或意识形态学者那里乔装成极端的理性。

让·斯塔罗宾斯基怀着一种平静的自信加以研究的精神混乱恰恰是一种展现理性的机会,这一次是真正的理性,是摆脱了一切过度、一切幻觉的理性,难道这不是令人赞赏的吗?这种理性不会使人感到眩晕,尽管它朝向深渊。只喜欢黑夜的东西变成了认识的方式。分解的东西变成了重新组织的方式。

我的看法是,这种绝妙的翻转也许是批评的本质。施与艺术、施与诗的批评本质不应该是对于我们面前的文本或形象进行描述和简单的分析,而应该描述和分析一种倾听,这种倾听针对的是在创造中回避自身、消失但并不因此而违反意识之陈旧形式的东西。从超越意义的东西中产生意义;在理性的空白处,在燃烧物及其残渣之中,进行一种超级理性的综合。

我认为今天没有一个人比《批评的关系》的作者[1]对揭示批评的积极、教化的功能有更大的贡献。我要说这正是来自其著作和言论的权威性之原因本身。

这个冬天,在第八教室,这种权威性几乎是可以从专注带来的寂静中具体地感觉到的。这种权威性是有益的,人们越来越感觉到这是一种平静与和谐的机会,同时又在过快地流逝的时间面前感到遗憾。最后一课并不是教诲的结束,而是一种变成个人的关系的结束。分别是不能没有悲哀的。

伊夫·博纳富瓦[2]

---

[1] 译注:指让·斯塔罗宾斯基(Jean Starobinski,1920—),《批评的关系》是他的代表作之一,出版于1970年。

[2] 译注:伊夫·博纳富瓦(Yves Bonnefoy,1923—),法国当代著名诗人,文学批评家。

前　言

1987—1988年的冬天，我对法兰西学院的听众就忧郁的历史和诗学讲了八节课。对我来说，在不久的将来进一步推进我希望实现的研究，这就是一次机会。我对法兰西学院的主管伊夫·拉波特先生和邀请我讲课的诸位先生表示衷心的感谢。我对伊夫·博纳富瓦的鼓励不胜感激，他把我的课纳入他所负责的"诗的功能之比较研究"的讲座活动之中。讲师奥迪尔·蓬巴德给予我的帮助是珍贵的。

讲课的主题与哲学、医学、美术和文学有关。危险在于迷失道路于大量的材料之中。因此，必须划出一条道路，放弃附属的小路。我喜欢由一系列相互联系的问题来引导，循序渐进。忧郁者如何说话？诗人和剧作家如何让他们说话？他们给予他什么样的口吻？人们如何向忧郁者说话，就是说，人们向他们提供什么样的安慰和音乐？忧郁如何变成一个独立的人物？

在西方文化中，几个世纪以来，忧郁与诗人由他们个人的条件所形成的观念密不可分。对我来说，把诗人或文学理论家的文章与某些绘画作品相互比较，成果颇丰。尤其是在忧郁和反映之间建立起来的联系激励我考察镜中的忧郁这个主题，在文学领域内注意低垂的头这一形象，这些都是艺术史家所熟知的。

关于这个主题和这个形象，波德莱尔提供了重要的证据。关于他，我讲过几课。可以想到，我这里提供的文本包括这次出版所要求的补充和扩展。还必须强调的是，这些文本是不完全的，是部分的。不仅是忧郁的历史和诗学之更为完整的面貌未曾以暗含的方式提及，甚至也未曾对波德莱尔的忧郁之表现的全局提供一个分析。

有关《天鹅》的多少有些不同的篇章被收进一本献给马克斯·米尔奈的文集(《从可见到不可见》,2卷,巴黎,科尔蒂书局,1988)中。这个新形式下的阐释仍然是献给他的。

1

《忧郁,在正午》

忧郁是波德莱尔亲密的伙伴。在《恶之花》中，卷首诗《告读者》庄严地立起了无聊之怪诞、丑陋的形象。最后一首诗《一本禁书的题词》说得更加明白：

　　平和的田园诗读者，

　　朴实而幼稚的君子，

　　扔掉这本感伤的诗，

　　它是既忧郁又狂热。[1]

---

[1] 《波德莱尔全集》第一卷，第137页。参见：彼埃尔·杜福尔提出的总体看法：《恶之花：忧郁词典》，《文学杂志》，第72期，1998年12月，第30—54页。译按：见《恶之花》中译本，第331页。

当然，忧郁的名字本身，它的直系后代，形容词**忧郁的**变得在诗中难以发音：这些词用得太滥了。人们过多地把它们与悬崖和废墟上孤独的静观联系在一起。庸俗柔情的套话也往往求助于这些词。在历数"语言的任性"之后，人们发现了："我的忧郁的小毛驴①。"波德莱尔在其诗句中只是很少、很慎重地运用这个危险的词。（在他的散文中就不同了，在他的批评文章中，在他的通信中，没有这种谨慎。）

谈忧郁，而又不过多地使用忧郁这个词：这不得不求助于近义词，求助于同义词，求助于隐喻。这对作诗来说是一个挑战。必须进行转移。首先在词汇方面。Spleen（忧郁）这个词来自英语，是根据希腊文形成的（splên，脾脏，黑色胆汁存在的地方，因此也是忧郁存在的地方），指的是同一种病，但是拐了个弯儿，使它成为一个僭越者，既高雅，又刺激。法语的词汇接纳了它，稍后还有 dandy 和 dandysme②（几乎是串通好了的，

---

① 《波德莱尔全集》第一卷，第660页。译按：见《巴黎的忧郁·私人日记》中译本，第281页。

② 译注：Le dandy, le dandysme, 法文引进的英文词，意为"浪荡子，浪荡作风"。

我们一会儿就会看到）。在《恶之花》中，spleen 的位置是支配性的：它不出现在诗句中，而是出现在题目里。以忧郁为题的诗——在第一组诗《忧郁和理想》——并没有说出忧郁这个名字，却可以被看作是与忧郁同等的象征或迂回的标志。这些诗用别的词、别的形象说出了忧郁：它们将其寓意化了——而且困难的是确定寓意是波德莱尔的忧郁之主体还是影子。我在本研究的过程中将不可避免地再谈到这个问题。

从他最初试图写诗的时候起，波德莱尔就对忧郁所知甚深了：他主观上已经有了经验，他了解修辞和寓意的资源，一种悠久的传统使这种资源可以解释忧郁。1843 年前后，在一首献给圣勃夫的诗中，波德莱尔证明了他具有"喝""一本书的遥远的回声"的才能，如同他在同一首诗中所说。他提到了中学时代的"无聊"，这给寓意化的忧郁登上舞台开了一个好头，对于狄德罗的《修女》的参照实实在在地寓意化了寓意本身：意识到的形象正是一个受紧紧束缚的青年的虚构形象，他正在修道院的围墙后面受到最残酷

的虐待。中学,修道院:一种同样的修道院似的忧郁之两副面貌:

> 尤其是夏天,当那些铅熔化了,
> 黑黑的高墙化作忧愁高耸着,
> (……)
> 做梦的季节,缪斯紧紧地抓住
> 一口大钟的钟锤,整整的一天;
> 当一切都在熟睡,忧郁,在正午,
>
> 一只手托住下巴,在走廊尽头,——
> 眼睛比修女的还要蓝,还要黑,
> 每只都知道淫秽痛苦的故事,
> ——拖着早熟的无聊而沉重的脚,
> 还有微湿的前额,黑夜的颓丧。[①]

"一只手托住下巴"(图2),我们知道,这是潘

---

① 《波德莱尔全集》第一卷,第207—208页。

图2 乔治·德·拉图尔,《玛德莱娜·特尔福》,巴黎,卢浮宫。

诺夫斯基、萨克斯及其继承者①根据大量的材料进行研究的象征性动作。正午是魔鬼和恼人的**慵懒**的时刻。这是看起来耀眼的光明呼唤它的反面起来进攻的时刻;是精神要求的极度警惕由于昏昏欲睡而被支配的时刻。当忧郁的人物还没有注定要完全安静的时候,缓慢,沉重,成为他最恒定的品质的一部分。在先前无数的文献中,**缓慢的脚步**是忧郁的**习惯**之巨大的标志之一。在波德莱尔的诗中,"沉重的脚"完全重复了这个传统的形象,证明诗人并未忘记苏珊·西蒙南(狄德罗笔下的修女)的脚,她的脚被先前经过的人撒下的玻璃碎片划伤……至于那口钟,如果它使人想到丢勒的版画上的钟,那它就预示着《忧郁之四》②中"疯狂地跳起"的那口钟。

---

① 见 R. 克里班斯基、E. 潘诺夫斯基和 F. 萨克斯:《土星和忧郁》,尼尔森出版社,1964 年;在 L. 埃弗拉尔主持下译成法文,伽利玛出版社,1989 年。同时可参见:威廉·S. 埃克舍:《忧郁(1541),论若阿香·卡姆拉留斯的描述修辞学》,见《若阿香·卡姆拉留斯(1500—1574),论宗教改革中的人道主义历史》,芬克·巴隆主编,W. 芬克·沃拉格出版社,慕尼黑,第 32—120 页;马克西姆·普雷欧:《忧郁》,赫舍尔出版社,巴黎,1982 年。

② 译注:《恶之花》(初版)第 62 首,诗中写道:"几口大钟一下子疯狂地跳起,朝着空中迸发出可怕的尖叫……",见《恶之花》中译本,第 183 页。

被波德莱尔寓意化的忧郁与狄德罗的女主人公相像,很年轻:她的"无聊"是"早熟"的;她知道颓丧的"黑夜"。她与"莱斯波斯①"属于一类(诗的其余部分是明显的证据),波德莱尔愿意成为其颂扬者,甚至想写在他的诗集的封面上。初看之下,与我们看到的但丁、阿兰·夏尔吉埃或夏尔·德·奥尔良②的拟人化没有任何相似之处:在他们看来,忧郁(或者 Melencolie, Mère Encolie)是一个年老的女人,充满敌意,穿着黑色的衣服,带着不祥的消息。它也与弥尔顿的《幽思的人》提到的天使或静观生活的缪斯毫无相同之处。但是,在青年波德莱尔描写的形象中,这些先前的化身形象的某种东西还保留着,哪怕是仅有类型学的持久名称和持重的庄严。

在过去,寓意化的忧郁不仅仅使人化的形象活跃起来,它还内在于客体之中,存在于世界的诸种面貌之中。让我们想一想,在夏尔·德·奥尔良的诗中,它是冬天

---

① 译注:莱斯波斯,女同性恋者。
② 译注:阿兰·夏尔吉埃(Alain Chartier,约 1385—1433),法国作家、外交家。夏尔·德·奥尔良(Charles d'Orléans,1394—1465),法国诗人。

的寒"风",它是"代达罗斯①的监狱",是人在那里过着隐居者生活的"树林",是"给人安慰的渴"无法满足的"深井"②。于是,在一系列指引我的参考资料中,在《皆大欢喜》③中,这口井宣告了远处有一条河,忧郁者雅克朝它俯下身去,哭了,姿态很像那喀索斯④。夏尔·德·奥尔良的"我的忧郁的井"也是"深井"(a deep well),在莎士比亚的悲剧中,在井的深处,国王理查二世比较了他必须放弃的王冠,仿佛一只因水而变得沉重的桶,他自己也跳进了井,满含着泪水;在同一场戏中,理查二世带了一面镜子,看到了他的悲伤的标志,然后把它砸碎了⑤。

这里我要提请大家注意,忧郁的图像传统有时让他

---

① 译注:希腊神话中,代达罗斯是一建筑师和雕刻家,曾为克里特王建造迷宫,后与他的儿子一起被囚于迷宫。

② 见让·斯塔罗宾斯基:《忧郁的笔墨》,《新法兰西评论》1963年3月,第11期,第410—423页。文中特别引用了回旋诗《或者我的忧郁的深井》(彼埃尔·尚皮庸版第325号:夏尔·德·奥尔良,《诗》,2卷,尚皮庸出版社,巴黎,1927年,第二卷,第477页)。

③ 译注:《皆大欢喜》,莎士比亚的一出喜剧。

④ 译注:希腊神话中,那喀索斯是一美少年,常在水边顾影自怜,死后变成水仙花。

⑤ 《理查二世》,第4幕,第1场。

把镜子和观看反映出的形象联系在一起。镜子是娇媚必需的附属品和真理的象征,这不应使我们相信,如果它被放在忧郁者的眼前,会不那么合适。这种多元吸引力产生了一种更为有力的动机。在真理的镜子面前,娇媚是无意义的,其反映是不持久的。没有比这更深的忧郁了,它面对着镜子,出现在不可靠、缺乏深度和无可救药的虚荣面前①。

年轻的波德莱尔通过他的"摇篮"背靠着的"书柜"②、通过他"爱好"的"画片"③知道这一切吗?反正在这首献给圣勃夫的诗中,人格化的忧郁紧接着两个场面之前出现。一面孤独的快乐之镜,也是一面同样孤独的痛苦之镜。忧郁出现在正午时分。波德莱尔最初的镜子属于黄昏和黑夜的时刻;它们是反常的快乐的主祭:

---

① 见 G.F.哈特劳普:《镜子的魔力——艺术中镜子的历史意义》,R.比伯出版社,慕尼黑,1951年。特别是第149—157页。参见哈特·尼贝里希:《镜像文字》,苏尔坎普出版社,法兰克福,1987年。

② 《声音》,《波德莱尔全集》第一卷,第170页。译按:见《恶之花》中译本,第406页。

③ 《远行》,《波德莱尔全集》第一卷,第129页。译按:见《恶之花》中译本,第319页。

然后,不良黄昏、狂热黑夜降临,
让姑娘们爱恋上她们的肉体,
让她们在镜子里——不育的满足——
静观她们成年的成熟的果实[①]——(……)

人们知道,这些诗句经过些微的改变又出现在《莱斯波斯》(主要是"静观"被"抚摸"取代)这首诗中。波德莱尔把这首诗献给圣勃夫,似乎引进了"快乐"这个词,以求更好地回忆他读过"阿莫里的故事[②]",更好地倾诉读过了《情欲》他才开始自我反省:揭破代替了静观:

在这面镜子的面前,我完善了
初生魔鬼教给我的残酷艺术,
——让那真正的快乐产生于痛苦,——

[①] 《波德莱尔全集》第一卷,第 207 页。译按:这里指波德莱尔年轻时作的一首献给圣勃夫的无题诗。

[②] 译注:阿莫里,圣勃夫的小说《情欲》中的主人公。

血染他的不幸,揭破他的伤疤①。

这种波德莱尔在忧郁和镜子之间建立起来的牢固联系,还有其他相近的文本上的证明。我首先给出两个例子,我不纠缠于此。

《喷泉》的一节诗(第29句到36句)可以读作音乐上的主题呈现:

你呀,夜里如此美丽,

我俯身向你的乳房,

静听水池里的啜泣

多甜蜜,无尽的哀伤!

月亮,鸣泉,受福的夜,

四周的树簌簌抖动,

---

① 《波德莱尔全集》第一卷,第208页。痛苦是一个寓意化的实体,是忧郁的一部分。此时它是忧郁的替代物。它使区分真的或假的忧郁成为可能。艾杰西普·莫罗"哭自己哭得很多";但是"他不喜欢痛苦;他不承认它是一种恩惠……"(《波德莱尔全集》第一卷,第158、160页)。译按:这段文字出于《波德莱尔全集》第二卷,第158、160页,见《浪漫派的艺术》中译本,第173页。原文作《波德莱尔全集》第一卷,显系手民误植。

你们的忧郁多纯洁,

是我的爱情的明镜①。

第二个证据是《焰火》中的著名篇章,波德莱尔给他的美的理想下了个定义,确定了他觉得必需的忧郁的构成成分。当然,如果不是提醒人们注意一种"不幸美学"(距离我们更近的彼埃尔·让·儒佛②也提到过),一个简单的暗示也就够了。但是,我还是要引述这些话,因为我们从中看到了忧郁和镜子这两个词互相召唤,还因为我不由自主地被这两个词的联系所指引:

我并不认为快乐不能与美相连,但我要说快乐是美德最庸俗的装饰物——而忧郁可以说是美德光辉的伴侣,以至于我不能想象一种美是可以没有**不幸**的。根据——另一些人说:纠缠于这些思想,我很难不得出结论:男性美的最完美典型是**撒旦**,——弥尔顿就是这样

---

① 《波德莱尔全集》第一卷,第161页。译按:见《恶之花》中译本,第386—387页。

② 译注:彼埃尔·让·儒佛(Pierre Jean Jouve,1887—1976),法国当代诗人。

说的①。

在所引段落前面的文字中,波德莱尔分析了一个女性的头所能有的最具诱惑力的美:这种美同样要求一种"快乐与忧愁"的混合。他希望有一种"忧郁、厌倦甚至满足的概念",他补充说:"它在女人的脸上是一种吸引人的刺激,而脸一般来说更为忧郁②。"波德莱尔肯定知道忧郁所包含的所有危险。吸引他的是,他知道如何读出"倒流的苦涩,好像是来自匮乏和失望",或者,"精神上的需要,暗中被压抑的野心③"。为了阐释这种压抑,不必找弗洛伊德帮忙,波德莱尔自己就能够做到,他谈到"一种情绪,这种情绪据医生说是歇斯底里的,据思想比医生来得深刻的人说是撒旦的④"……两重性是完全的:波德莱尔"用享受和恐惧培养我的歇斯

---

① 《波德莱尔全集》第一卷,第657—658页。译按:见《巴黎的忧郁》中译本,第278页。
② 《波德莱尔全集》第一卷,第657页。译按:见《巴黎的忧郁》中译本,第278页。
③ 同上。
④ 《恶劣的玻璃匠》,《波德莱尔全集》第一卷,第286页。译按:见《巴黎的忧郁》中译本,第19页。

底里",同时他又希望"医治一切,医治困苦、疾病和忧郁[①]"。

是的,波德莱尔的头脑的确是一面魔镜:他说到美的定义,就不能不提到"浪荡子的理想典型"。浪荡作风具有一种沉浸在悲哀之中的黄昏的美。我们在《现代生活的画家》(《波德莱尔全集》第二卷,第712页)中读到:"浪荡作风是一轮落日;有如沉落的星辰,壮丽辉煌,没有热力,充满了忧郁。"于是,浪荡子的大事是衣着和追求个人的崇高,他"应该在一面镜子前生活和睡觉"。在《芳法罗》中,他为了刻画主人公的肖像,写道:"他的眼角在些许回忆中渗出了眼泪,他走到镜子前,看着自己哭。"(《全集》第一卷,第554页)萨姆尔·克拉麦尔[②]自己跟自己玩弄着感情。在其经历结束时,我们看到他"因蓝色的忧郁而病倒"(《全集》第一卷,第578页),纠缠于"忧愁,意识到一种不可救药的、本质上的不幸"(《全集》第一卷,第580页)……

[①] 《私人日记》,《波德莱尔全集》第一卷,第668—669页。译按:见《巴黎的忧郁》中译本,第292页。

[②] 译注:萨姆尔·克拉麦尔,波德莱尔的小说《芳法罗》中的主人公。

这里必须提出一种看法:联系于浪荡作风、奇特的快感、衣着的规矩,在镜子里看乃是善于自己对着自己演戏的人之贵族气派的特权。这是波德莱尔在散文诗《镜子》中指出的真正的亵渎:"一个丑陋的男子"声称,"根据八九年的不朽原则[①]",他有权照镜子!

---

① 译注:指1789年法国资产阶级革命的平等原则。

2

反讽与反省:
《自惩者》与《无可救药》

忧郁和镜子之间的联系,《自惩者》(第83首)与《无可救药》(第84首)所表现的魔鬼之活跃的同谋关系给予我们最激动人心的例证。这当然不是偶然的,如果两首诗成为一对的话,如果它们前面的两首十四行诗《痛苦之炼金术》和《共感的恐怖》由于"天空破裂有如河滩[①]"而使诗人的"骄傲"在其上反映如同揽镜自照的话。在《巴黎风貌》中,在《被冒犯的月神》中,成对的组

---

① 《波德莱尔全集》第一卷,第77—78页。在这四首诗中,波德莱尔运用了八音节诗句。在1861年的版本中,波德莱尔把《自惩者》(第83首)和《无可救药》(第84首)放在了一起。1857年,这两首诗分别为第52首和第64首。

合意味深长，准备了其他镜中的忧郁登场。

这些反常的镜子，在《恶之花》的结构中，远远地与大海这面巨大而自然的镜子相呼应：让我们再读一遍《人与海》（第14首）的第一节：

> 自由的人，你将永把大海爱恋！
> 海是你的镜子，你在波涛无尽、
> 奔涌无限之中静观你的灵魂，
> 你的精神是同样痛苦的深渊。
> 你喜欢沉浸在你的形象之中……

这是一面完全内在的镜子，是众多伤口中间的一个伤口，我们将会看到它们出现在《自惩者》之中：

自惩者

> 我将打你，既未生气，
> 也无仇恨，仿佛屠夫，
> 亦如摩西击打磐石！

我还让你的眼皮里,

把那痛苦之水喷涌,
把我的撒哈拉浸透,
希望涨满我的欲求,
游在你带盐的泪中,

好像出海的船远行,
我心醉饮你的泪水,
听见你珍贵的呜咽,
好像战鼓催动冲锋!

难道我是不谐和音,
在这神圣交响乐中,
由于那贪婪的反讽①,
摇晃又噬咬我的心?

---

① 译注:"反讽"的字首为大写,阐释中写到:"大写的方式使这个人物显得崇高。"反讽成了一个寓意化的人物。

它喊在我的声音里!

我全部的血,黑的毒!

我是镜子,阴森可怖,

悍妇从中看见自己。

我是尖刀,我是伤口!

我是耳光,我是脸皮!

我是四肢和车轮子,

受刑的人和刽子手!

我是我心的吸血鬼,

——伟大的被弃者之一,

已被判处大笑不止,

却再不能微笑一回!

惊人的一首诗,非常重要:人们知道它是一首计划中的《跋》①的(唯一写出来的)结论。在一个精巧的

---

① 参见《波德莱尔全集》第一卷,第984—985页。另见乔治·博兰《波德莱尔》,伽利玛出版社,巴黎,1939年;《波德莱尔的虐待狂》,科尔蒂书局,1948年。

结构中,他把加之于他人的痛苦反转成自己的痛苦。如果需要的话,他会证明施虐的侵犯先于受虐。加于自身的折磨来自打击他人的力量,这种力量没有明显的动机。一系列形象带来一种偏移,这些形象诱发的眼泪之流随着河与海的风景变化而逐渐扩大,而比较的作用使得"抒情主体"多样化与片段化。通过"战鼓催动冲锋"(被打击的情妇的呜咽)的、"不谐和音"的听觉形象,向着我的转向出乎意料地完成了:为反讽的登场打开了大门。对于我们所关心的问题来说,给予这个新的寓意化的人物多一些关注是合适的,大写的方式使这个人物显得崇高。

反映、反映的行为把德国浪漫派引向反讽的理论。波德莱尔知道这种理论被E.T.A.霍夫曼①的《布朗比娅公主》寓意化的版本,并对此高度赞赏。根据这首随想曲,尤其是根据故事讲的国王奥菲奥奇的寓言,思考把人与具体的本性分离开来,使他们遭到流放的痛苦。但是,对于沉浸在长眠中的国王奥菲奥奇和王后

---

① 译注:E.T.A.霍夫曼(E. T. A. Hoffmann,1793—1874),德国诗人。

里瑞斯来说,解脱将来自一种重复的思考,就是说,来自幽默和反讽:俯身向着乌尔达尔魔湖,他们发现了自己的影子,他们互相看着,发出大笑。流放结束了。在这个主要的故事里,演技很差的演员齐格里奥在罗马狂欢节上经受了"持久的二重性[①]"的考验:自我嘲笑医治了不良骄傲的幻想;这种嘲笑使他得到了真正的爱和演员职业的完善。波德莱尔把霍夫曼的小说赞为"高度的美的入门书[②]",从这部小说中,他记住了有关艺术的告诫,也就是说,他记住了有关"绝对滑稽"的定义,有关"天真的"和超意识的全部:……"艺术家只有在具有两重性并且了解他的两重本性的所有现象的条件下才是艺术家。"然而,根据波德莱尔的看法,反讽——思考的思考——并不具备任何解放的价

---

① 《论笑的本质并泛论造型艺术中的滑稽》,《波德莱尔全集》第二卷,第 542 页。译按:见《美学珍玩》中译本,第 191 页。

② 同上。我在《反讽与忧郁:戈齐、霍夫曼、克尔凯郭尔》一文中详细谈过,《批评》,巴黎,4 月号和 5 月号,1966 年,第 227 期和 228 期,第 291—308 页和第 438—457 页。我在一种更普遍的全貌上谈了同一个问题:《德谟克利特的笑(忧郁与沉思)》,《法国哲学学会会刊》,A. 科兰出版社,巴黎,第 83 年,第一期,1—3 月,第 5—20 页。

值。如果它与"绝对的滑稽"有联系的话，也就是说，与笑的高级形式有联系，他在《论笑的本质》这篇论文中也只是证明了笑失去了他开始时赋予笑的撒旦性。反讽，如同忧郁，如同镜子反映的形象，成为撒旦的表象。笑解脱了奥菲奥奇。"永恒的笑"是自我之屠夫的可怕惩罚。

在《自惩者》中，我们刚刚读到：

难道我是不谐和音，
在这神圣交响乐中，
由于那贪婪的反讽，
摇晃又噬咬我的心？

它喊在我的声音里！
我全部的血，黑的毒！
我是镜子，阴森可怖，
悍妇从中看见自己。

在古希腊罗马的体液论医学传统中，忧郁被准确地定义为"黑的毒[①]"。黑色胆汁的腐蚀性后果不再因血液的"温柔"变得温和,在全部机体中产生了坏的结果,首先是脑子。在这首诗里,波德莱尔用反讽取代忧郁,用一种意识的侵略性代替了幽默的侵略性:他作为一位炼金术士,改变了忧郁,使其精致,使其精神化,给予造成创伤的讽刺话、施虐受虐的元素以优先地位;反讽因噬咬、贪吃而具有一副禽兽的面貌。

如果反讽使诗人成为"不谐和音",那仍然是忧郁的一种古老的特性,虽然并没有被明确地说出,可是它却出现了。那有什么关系!既然忧郁已在其效果中出现。在《皆大欢喜》[②]中,公爵嘲笑忧郁者雅克:他是"Compact

---

[①] 医生谈论"酸火"、"排泄物"、"血渣"等等。人们可以在罗伯特·博尔顿的治疗百科全书中找到这些古典概念,它们集中在《忧郁的剖析》中,牛津,1621年,这本书直到今天还在重印,为英国浪漫派熟知。

折磨自怨者的"黑的毒"正是《忧郁之三》中的"腐朽的元素"使"多雨之国的国君"在文艺复兴的气氛中萎靡不振:

为他炼金的学者们也都不能
把他身上的腐朽的元素除净……

译按:以上所引诗句出自《恶之花》中译本,第181页。

[②] 译注:《皆大欢喜》,莎士比亚的一出喜剧。

of jars"——"一大堆不和谐"——和"他自称音乐家，我们很快就会看到身份的不和谐"（第二幕，第7场，诗句5—6）。

忧郁的人与世界音乐（文艺复兴哲学的 musica mundana）之间的不和谐乃是心理内部不和谐的结果，在这种不和谐中，拟人化的反讽具有内心敌人的形象。在诗的开头，针对一个呼叫的牺牲者，抒情主体承担了残暴的施虐者的角色，好像忘了他刚刚威胁的那个角色：从此他只谈论自己，宣布自己是反讽的牺牲品，然后把受虐者和施虐者的双重角色归于自己。让我们再读一读这些反复被评论的诗句：

我是尖刀，我是伤口！
我是耳光，我是脸皮！
我是四肢和车轮子，
受刑的人和刽子手！

我是我心的吸血鬼，
——伟大的被弃者之一，

已被判处大笑不止,

却再不能微笑一回!

　　动词"是"的主语("难道我是"……，然后"我是"，重复五次)将其情绪赋予最后四节诗，而加于情妇的虐待及其在诗人心中的回响只是与开头的三个四行诗有关。与自我的关系取代了与他人的关系：为此必须分成两部分，由于这种两重性，"自己打自己"成为一个有代表性的动作，成为打他人的一个对等的和相互转换的动作。开头的一对屠夫－牲口内在化了。反讽，清晰的实体，被一种独立的、敌对的力量激活，是活跃的反对者；面对诗的自我，它被消极的牺牲品所取代。更有甚者，人们看到动词"是"的属性之双重化，重置对立的谓语(尖刀和伤口，耳光和脸皮，等等)。更普遍的是，还要加上自我的寓意化，以宣称身份("我是")为掩护，这种寓意化增加了变化的形象。因为针对反讽的特殊的拟人化，与"我是"相呼应，有一系列的转瞬即逝的寓意，它们可以相互取代。

　　"我是镜子，阴森可怖"通过将我物质化而

把我寓意化,从而把我变成客体。(这是《忧郁之二》①使用的方法:"我是连月亮也厌恶的坟地","我是间满是枯萎的玫瑰的闺房"……"从此有生命的物质啊,你无非一块岩石被隐约的恐怖包围"……)这一次,寓意不再与拟人化相联系:它是反拟人化的,反生命的。变成一面镜子,就是仅限于成为一个反射的平面:转化成镜子的意识以消极的方式感受到映像。为了返回置于眼前的映像、形象和创造物,它只能消极地承受。它的无限制的拒绝同时也是无限制的欢迎:反讽以"悍妇"的面目出现,是一个奇特的施虐者,它拥有自我观照的能力:它"看见自己",而我-镜子则凝固在它的静止的、光滑的固体性之中。我-镜子象征着忧郁的一种极端的面貌:它是不自由的,它是纯粹的剥夺。——波德莱尔并不是唯一表达反映的消极性之绝望的人。在《莱翁采和莱娜》中,毕希纳②让公主说:"我难道就像可怜的泉水一样吗,

---

① 译注:《恶之花》初版第60首,见《恶之花》中译本,第178页。
② 译注:毕希纳(Georg Buchner,1813—1837),德国戏剧家。

毫无防卫地，只是在它寂静的深处返回朝它俯身的每个形象的反映？①"

在波德莱尔那里，第二个我强制人们接受其暴力，因此是反讽，是悍妇：与诗性的"我"的寓意之授权一样，也是容易受伤的女性形象之报复的再现，诗人把这种形象当作他的施虐狂的对象。读者的想象力不能不看到"眼皮"，诗人想要从中"把那痛苦之水喷涌"，让悍妇的目光射出，这目光在镜子固定的清澈中看到了自己的形象。在这两行诗中，悍妇具有美杜莎②的能力：她冻结了她的目光③。玻璃化是一种岩石化的变种，镜子的玻璃是《忧郁之二》的顽石般的"老斯芬克斯"的对应物。

镜子，反讽，忧郁。有另一篇文章把它们联系在一起。让我们听听《情妇的画像》中一个人的讲述：他爱上了一个完美的女人；她的完美可以比于镜子的完美；

---

① 格奥尔格·毕希纳：《莱翁采和莱纳》，第一幕，第四场。我们知道，文本不大可靠，它是根据今天已消失的稿本出版的。还可参见：格奥尔格·毕希纳：《作品与书信》，汉泽出版社，慕尼黑。1988年。

② 译注：美杜莎，希腊神话中的人物，头发是毒蛇，人只要看见她的脸，就会变成石头。

③ 参见让·克莱尔：《美杜莎》，伽利玛出版社，巴黎，1989年，特别是第169页及以下。

映出的形象令人难以忍受;它摧毁了情人的自由。利用精神分析的语言的便利,我们可以说镜子的效果是专横的。这一次,侵略性的再现要一个人去死,而这个人的完美本身就带着死亡。在这个文本中,与《自惩者》的相似是可以感觉到的[①],应该是在一次"忧郁的散步"的结束后、在一口"水塘"的边上,罪行完成了:

　　我的恋爱史就像在纯净而光滑的镜面上的无穷无尽的旅行,这面镜子单调得令人头昏眼花,它以我的意识的带有讽刺性的准确照出我全部的感情和动作,以致我不能有任何不理智的动作和感情,否则立刻就会看到我那须臾不离的幽灵的无声指责。爱情好像成了一种监护。有多少蠢事让她给挡住了呀,而我又是多么后悔没有去做呀!有多少债我是违心地还了呀!我从我的个人的疯狂中能够得到的好处都让她给剥夺了。她以一种冰冷的、不可逾越的规则挡住了我的所有任性之举。更可怕的是,危险过去了,她也不要求感激。有多少次,我忍

---

① 见克洛德·毕舒瓦的看法,《波德莱尔全集》第一卷,第1346页。

不住扑向她的脖子,对她叫道:"别这么完美吧,可怜的!让我没有别扭、没有恼火地爱你吧!"好几年中间,我欣赏她,可我的心里充满着恨。最后,死掉的可不是我!……胜利或死亡,像政治上说的那样,这就是命运强迫我作出的抉择!一个晚上,在一个森林里……在一个水塘边上……在一次忧郁的散步之后,她的两眼反射着天空的温柔,而我的心却像地狱一样紧缩着……①

完美引起了"厌恶";眼睛反映着"天空的温柔",但是又把"须臾不离的幽灵的无声指责"送还给她的要命的情人。一系列的反映蒙上了阴影,天使般的人的命运结束于浑浊的水的深处。堕落的动作,如在这里描述的,伴随着它的是反常的承诺,正是那个引出《无可救药》这首既无我也无你的"名义上"的诗的动作本身,这首诗在非个人性之中、在象征的普遍性之中重复了前面的文本关于无人状态告诉我们的一切,这种无人状态产生于忧郁的反省。

---

① 《波德莱尔全集》第一卷,第348—349页。译按:见《巴黎的忧郁》中译本,第101—102页。

无可救药

一

一个观念,一个形式,
一个存在,始于蓝天,
跌进冥河,泥泞如铅,
天之眼亦不能透视;

一个天使,鲁莽旅者,
受到诱惑,喜欢畸形,
淹没于骇人的噩梦,
如游泳者挣扎拼搏,

阴郁焦灼,苦战一个
疯子一样不断歌唱、
在黑暗中回环激荡、
巨大而雄伟的漩涡;

一个不幸的中邪人,
为逃出爬虫的栖地,
在他徒劳的摸索里
寻找钥匙,寻找光明;

一个没有灯的亡魂,
身旁是一个无底洞,
又深又潮气味浓重,
无遮无靠阶梯无尽,

黏滑的怪物警觉着,
一双巨眼磷光闪闪,
照得什么也看不见,
只剩下更黑的黑夜;

一艘困在极地的船,
像落入水晶的陷阱,
哪条海峡命中注定
让它进入这座牢监?

——画面完美,象征明确,

这无可救药的命运

让人想到,魔鬼之君

无论做啥总是出色!

　　二

阴郁诚挚的观照中,

心变成自己的明镜!

真理之井,既黑且明,

有苍白的星辰颤动,

有地狱之灯在讥刺,

有火炬魔鬼般妖娆,

独特的慰藉和荣耀,

——这就是那恶的意识。

这些象征的系列导致了双重的"教训":第一种涉及魔鬼的事业之完美;第二种由最后两个四行诗的分离

来呈现，将堕落、溺水中的挣扎、囚禁、怪兽中的俘获等所有形象归结为最后的称呼，即自我反省。两个教训是等值的：尽管它们自命不凡的优越，自我反省，"恶的意识"，也都脱不了一种"无可救药的命运"，证明了魔鬼之最高的控制。

堕落，极端恐慌的下降紧紧地抓住了读者的想象。更有甚者，为了确认忧郁的所有因素，看到堕落或下降之类的人与控制它的相反处境之间的联系，是恰当的。在整首诗中，这种联系由"跌进"、"淹没于"、"在黑暗中"、"身旁"等前置词的坚持运用来表现。物质和抓住一个孤独的人的地点之相继出现——在阳光与黑夜、光明与黑暗的交替和重叠中[1]——使人们想起多少个世纪以来诗人的想象力赋予忧郁的命运的所有计谋。"跌进冥河，泥泞如铅"有着与器皿同样的元素，在但丁的《地狱篇》里，偶然之事深藏其中；人们注意到，

---

[1] 乔治·布莱曾经在《爆炸的诗》（法国大学出版社，巴黎，1980年，特别是第53—65页）对本诗的这一面进行过令人赞叹的分析。对于其他的评论，可以读阿尔纳莱多·比佐罗西的《关于波德莱尔的16个评论》，瓦莱齐出版社，佛洛伦萨，1975年，第148—158页。

漩涡和波德莱尔的井与埃德加·坡①的属于同类;因在极地的船很像加斯帕尔·大卫·弗里德里希(图3)画的船,与《瓶子里发现的手稿》里的、被一道冰瀑冻住的船一样。忧郁的情感经验经常被一种沉重感控制,与充满敌意的空间之表现密不可分,这种空间封锁或缠住任何动的企图,因此变成内在重力的外在补充。从黑色的、泥泞的水到不幸的、运动感的水晶监狱(挣扎拼搏,苦战,摸索),再到完全的静止;从"观念"和天使般的"存在"到船:各种象征的连续出现指向凝固,指向死亡,指向非精神化和非人化。最后的障碍——"水晶的陷阱"——宣布了简短的第二部分所代表的"明镜"。借助于魔鬼,一切都为"静观"准备好了空无一人的舞台,相反的东西成双成对,"阴郁"和"诚挚","明"和"黑"。像在一段赋格曲的密接和应②中一样,我们看到名词意群的登场变得更为紧密,其中任何动词,无论是"主要的",还是"次要的",都不跟随其后。挑

---

① 译注:埃德加·坡(Edgar Allan Poe,1809—1849),美国诗人、小说家、批评家。下文的《瓶子里发现的手稿》系坡的一篇小说。
② 译注:密接和应,音乐名词。

图3 加斯帕尔·大卫·弗里德里希,《沉船》(细部),汉堡,库恩斯塔尔。

战和加强的价值是通过矛盾形容法来表示的（"阴郁诚挚"，"既黑且明"，"苍白的星辰"，"魔鬼般妖娆"）。

在这像镜子一样被分离的第二部分，这首诗肯定地建议一种象征的分裂，这些象征先前带着它们未明言的叙述任务被展开。这是一种在感叹的唱圣诗的曲调形式上的断然分裂。难道我们因此就离开了语言的领域吗？非也。诗从一种几乎是叙述性的寓意化转向一种更加难以理解的寓意化。象征在一种人和敌意的空间相接相续的冲突中所表现的对立缩小为"静观"的更为简单的结构，浓缩为我刚刚指出的矛盾形容法。"心"变成它的镜子，面对着它自己分裂为它者。当然，"心"这个词预告和宣布了最终的概念词语："意识"。然而，"心"和"镜子"毕竟还是部分的存在，这种存在使我成为碎片。心和镜子，它们中间的任何一个都拥有各自的能力，看和反映的能力，被相似的、象征的三段式组合交互替换：井，灯，火炬。这显然是运载和传播的东西。它们激发出纯粹证明所具有的魔鬼的能力。无可救药的证明，完美带来"独特的慰藉和荣耀"的证明。

如果"真理之井"相似于那喀索斯俯身的井，它让人想起夏尔·德·奥尔良的"我的忧郁的深井",他在其中看到"希望之水"浑了,带上了"墨水"的黑色。波德莱尔常常借助火炬来说明目光的明亮,他在"魔鬼般妖娆"中向他的充满忧郁的美的理想表示敬意:弥尔顿的撒旦。"苍白的星辰"在井水中颤动,重新获得和准确地概括了阴暗背景上的明确形式的所有关系,黑暗之上的明亮的所有关系("一双巨眼磷光闪闪"),这些关系充斥着诗的第一部分。此后,最后一句诗在其致密的确切性上被明显地表现出来,与一切先前的东西突出地区分开来,在其自身上带有形象的一切丰富性,这种形象预先地解释了最后一句诗。它抽象地照耀着先前的意象背景。在"跌进"一词中,它完成了自己最后的角色。"恶的意识"乃是它之前出现的所有形象的结果。同时,它说出了诗的第一个词,即"一个观念",好像一个圆圈重新开始,好像忧郁之无可救药一定是无休止地重复的堕落,俘获也无限制地延续下去。最后,好像意识之不幸和"荣耀"只能恰当地对自己说,也就是换句话说,通过类似的途径,即:通过诗的途径。

3

低垂的头:《天鹅》

亚里士多德[①]，以后还有费奇诺[②]，建立了一种持久的定义：忧郁者是比任何人都能够提升到最高思想的人；但是，黑胆汁不管多么炽热，如果它耗尽和变冷，就会变得和冰一样，根据波德莱尔使用的词汇，转化成"黑的毒"。我们再一次注意文学和寓意画的传统，

[①]《问题集》，第 30 章第 1 节。法国读者可以参看亚齐·皮惹精彩的翻译以及他的评论：《亚里士多德，天才的人和忧郁》，海岸小图书馆出版社，巴黎，1988 年。文本也收入克里班斯基、潘诺夫斯基和萨克斯的《土星和忧郁》中，并加以评论，第 15—74 页。

[②]《三重生活》，全集，2 卷本，巴塞尔，1576 年，第 1 卷。潘诺夫斯基和萨克斯的书（《关于瓦尔堡图书馆的研究》）的第一版（1923 年）收入其重要的片段（拉丁文）。伊夫·艾尔桑的法文翻译即将出版。

如其从16和17世纪以来的发展，这就够了：这是忧郁者，其精神翱翔于连续直觉的极乐中；这还是忧郁者，他再一次退居于孤独之中，他在静止中突然倒下，被绝望之麻木和迟钝所侵袭。

狂热与沮丧：这种双重的潜在性属于同一种性情，仿佛这两种极端状态之一伴随着有可能相反的状态：危险与机会。画家、雕刻师、雕塑家提供的形象，有时缺少确实的迹象以区别无果的忧愁和丰富的沉思、空虚的沮丧和知识的圆满。有灵感的庄严，沉思的天才，常常处在这两种状态的中间：表现这些人物的艺术家希望我们了解他们徘徊在死亡的感情和不朽的思想之间。从这里产生出暧昧的意义，在视觉艺术中，俯身的人的姿态，有时一只手托住的头，可能具有这些意义。这种动作说明身体的日益严重的状况，精神的不在场——但是，不在场在哪里呢？在不可挽回的流亡中吗？或者在"真正的祖国"中吗？

忧郁的人物，忧郁的寓意。如果我们愿意翻一翻（有心的历史学家们收集的）画册，我们会发现多少俯身和沉思的人的形象啊！艺术家们善于感觉和表现一种心理的联系，其痕迹可以在从拉丁文到法文的词源学偏移中辨认出来。Pencher 出自 pendicare，是 pendere 的反复。而 penser 则通过 pensare 出自 pensum①，是 pendere 的过去分词②。(一种学科不明的想象力——然而，在这一领域内可以要求学科分明吗？——在犹豫的死胡同的深处看到了一个吊死的人的影子，"穿黑衣的杰拉尔③"，或者《库式拉岛之行》④中受刑的人。) 当然，不必将揭露的价值赋予词源学的谱系。我不大喜欢最后求助于词语来历的论据。在一个已知的自然语言的内部，文字游戏对于哲学来说是一种危险，哪怕通向知识的道路要经过诗人与学者的结合。眼下，事关不能用形象表现的忧

---

① 译注：意谓 pencher（法文：低垂，俯身，弯腰）出自 pendicare（拉丁文：垂，吊，挂）；penser（法文：思想）出自 pensum（拉丁文：任务，职责，学生的作业）。

② 参见 A. 艾尔努和 A. 麦耶：《拉丁文词源词典》，新版，克兰克谢克出版社，巴黎，1939 年。

③ 彼埃尔·让·儒佛：《第十三个》，《作品集》，第 1 卷，法国水星出版社，巴黎，1987 年，第 1278 页。波德莱尔将奈瓦尔的命运归于忧郁：他从流浪中提取出"忧郁，最后，自杀成了唯一可能的结局和治疗"，见《对几位同代人的思考》"艾杰西普·莫罗"，《波德莱尔全集》，第二卷，第 156 页。译按：见《浪漫派的艺术》中译本，第 167 页。

④ 译注：《恶之花》中的一首诗，见《恶之花》中译本，第 287 页。

郁，形象永远也不够多，不足以赋予实体：人们不会拒绝古老的词汇，错误的词源本身提供了幻想的部分。

他们俯身向着什么，这些人物？有时是向着虚无，或向着无限的远方①。有时是向着一些符号，那里有精神遇到了另一些精神的痕迹：对开本的书或难以理解的书，几何图形，天文表，无解的方程，或者，忧愁占上风的时候，则是废墟，漏壶，头盖骨，倒塌的建筑物，——古老的死人预言未来的死亡。在忧郁者的眼中，在巴洛克大师的画中，展现出象征转瞬即逝的东西：拉断的项链，燃尽的蜡烛，脆弱的蝴蝶，无声的乐器，被终止线结束的旋律。观者的思想通过 memento mori② 与忏悔被引向永恒。忧郁者的眼睛盯着非实体和易消亡的东西：这是他自己的反射的形象。观者的目光则应该对着相反的方向。

让我们再读一读波德莱尔的最后一首《忧郁》：忧郁和"低垂的头"的主题之组合，在一种隐居之中、在

---

① 参见威廉·S. 埃克舍：《忧郁（1541年）, 论若阿香·卡姆拉留斯的描述修辞学》，其中有关于朝向大地的目光这一主题的精彩评论。
② 译注：Memento mori, 拉丁文，意思是死亡的回忆。

一种天空的"盖子"之下充斥着忧郁的动物,得到完整的证实(蜘蛛,蝙蝠,它们产生于"如"这个词的类比关系),伴随着内心的痛苦之寓意化的形象:

> 当大地变成一间潮湿的牢房,
> 在那里啊,希望如蝙蝠般飞去,
> 冲着墙壁鼓动着胆怯的翅膀,
> 又把脑袋向朽坏的屋顶撞击;

> ……希望
> 被打败,在哭泣,而暴虐的焦灼
> 在我低垂的头顶把黑旗插上[①]。

更为重要的是波德莱尔的那些文章,其中低垂的头不是我自身,而是被观照的客体想象或记忆中的人。我们看到,我提到过的寓意画的传统在他的思想中达到了何种程度。在《1859年的沙龙》中,关于雕塑的

---

① 《波德莱尔全集》第一卷,第75页。译按:见《恶之花》中译本,《忧郁之四》,第183页。

一章是以一段在想象的雕像中精彩的浏览开始的,以散文诗的笔法写出。

哈波克拉特,寂静之神,然后是阿波罗,缪斯,"在一座古代图书馆的深处",率领着迤逦而行的队伍。其他的形象跟着他们,露天或在一座教堂的穹顶下:

丛林拐角处,浓荫下,永恒的忧郁在像它一样平静的池水中映照着自己的面容。沉思者从那儿经过,伤心又陶醉,望着这尊肢体强健却因一种隐秘的痛苦而无精打采的大雕像,说:这就是我的姐妹!

在这座为公共马车的疾行所震动的小教堂深处,在您冲进忏悔室之前,您就被一个没有肉的幽灵拦住了,它偷偷地把坟墓巨大的盖子托起,哀求您这匆匆过客想想永恒!在那通向您亲人的墓地鲜花盛开的小路一角,悲哀的神奇雕像匍匐在地,头发纷乱,泪下如雨,用它那沉重的哀痛压在一位名人的骨灰上,教导您说:在这个无以名之的东西面前,财富、荣耀,甚至祖国都毫无意义,这个东西没有人能叫出它的名字,也没有人能确定它的特点,人们只是用一些神秘的副词来表达它,例如:也许,绝不,永远!而有些人希望它包含着被那样企盼的无限的真福,或者现代理性用垂危时痉挛的举动驱赶其形象的不间断的焦虑①。

忧郁向着水的镜子呼唤兄弟般的承认;坟墓;"悲哀"的形体,还有它的"泪下如雨":很奇怪,我们在这里发现了《天鹅》中的安德玛刻所集中的一切,它分散为好几种形象②。这些雕像是一个长久的传统所认可的形象:它们不是"原创的",它们符合人

---

① 《波德莱尔全集》,第二卷,第669页。在《巴黎的梦》中,这种石头的忧郁在另一个背景中重新出现(《波德莱尔全集》,第一卷,第102页):

不是树,是廊柱根根,
把沉睡的池塘环萦,
中间有高大的水神,
如女人般临泉照影。

译按:见《恶之花》中译本,第247页。

② 毫无疑问,我们可以援引时间上的相近。《1859年的沙龙》分四次发表在《法兰西评论》上,1859年6月10日到7月20日;据克洛德·毕舒瓦在全集的编者注中提供的传记材料,《天鹅》发表在《闲谈》上,1860年1月22日。

们所期待的象征功能。在颂扬这些雕像的同时，波德莱尔接受了一种不朽的文化记忆，这种记忆固化在一种沉重的质料之中（其沉重肯定符合忧郁的主要特点之一）。从这些几乎被当作陈辞滥调的古老元素开始，波德莱尔在《天鹅》中画了一幅新颖得惊人的画。我们将会看到，他抓住了一种态度的意义，这种态度常常被过分地模仿，以至于不能成为嘲讽的对象，但是它又与过于基本的情感价值相联系，以至于不能在其真实性上年复一年地被艺术家和诗人重新表达出来。

在《忧郁》中，戈蒂耶嘲讽现代忧郁，像"我们的画家"那样：

——这是个年轻姑娘，柔弱又病态，
美而蓝的眼睛看着某条河岸，
仿佛风吹弯了腰的 vergis-mein-nicht[①]（……）
她的眼泪啊将要使小河涨水，

---

① 译注：Vergi-mein-nicht, 德文，意为"勿忘我"。

跌落时在水中弄浑她的面容①。

这是莎士比亚的雅克之现代和女性版,已经因其造作的姿态而转为可笑了。

但是,戈蒂耶对因袭的形象之怀疑并不妨碍维尼在其《牧童的房子》(1843年)最后几句诗中用令人难忘的诗句准确无误地说道:

(……)像狄安娜一样,你在泉边哭泣,
你那无言、总是受到威胁的爱情②。

波德莱尔的安德玛刻用它的泪水"加宽了骗人的西莫伊",在一种既近又不同于维尼的诗所说的现代性之

---

① 泰奥菲尔·戈蒂耶:《诗全集》,2卷本,夏邦吉尔出版社,巴黎,1877年,第1卷,第220页。人们可以想象画家的木版画和石版画:南特伊,约阿诺。诗的最后一部分说:……"我们看到的夜是永恒的夜/从空无一物的天上下不来/金色羽翼的天使拥抱我们"……

② 维尼在青年时代的诗《斯梅塔》(他说写作于1815年)描绘了离开"皮雷港口"的"年幼处女"的形象。斯梅塔"在行驶平稳的船尾上,看着她俯身向着大海的形象"。

中回答了他①。

天鹅

给维克多·雨果

一

安德玛刻②,我想到你!小小清涟,

这可怜、忧愁的明镜,曾经映出

您那寡妇的痛苦之无限庄严,

您的泪加宽了骗人的西莫伊③,

---

① 如果要我提及低垂的头的后来的形象,我不会忘记魏尔仑的《忘却的小咏叹调》的第9首(《树的影子》……),马拉美的《昂利亚特》("镜子啊／在你的冻结的框架因无聊而生的冷水"……),还有瓦莱里的《天使》。

② 译注:安德玛刻,《荷马史诗》中特洛伊大将赫克托的妻子,战败后被俘,成为庇吕斯的俘虏,后嫁赫勒诺斯。

③ 译注:指一条小河。安德玛刻在敌国把一条小河当作故乡的西莫伊河,以示对亡夫的怀念。

正当我穿越新卡鲁塞尔广场,
它突然丰富了我多产的回忆。
老巴黎不复存在(城市的模样,
唉,比凡人的心变得还要迅疾);

我只在想象中看见那片木棚,
那一堆粗具形状的柱头,支架,
野草,池水畔的巨石绿意盈盈,
旧货杂陈,在橱窗内放出光华。

那里曾经横卧着一个动物园;
一天早晨,天空明亮而又冰冷,
我看见劳动醒来了,垃圾成片,
静静的空中扬起了一股黑风,

我看见了一只天鹅逃出樊笼,
有蹼的足摩擦着干燥的街石,
不平的地上拖着雪白的羽绒,
鸟喙伸向一条没有水的小溪,

它在尘埃中焦躁地梳理翅膀,
心中怀念着故乡那美丽的湖;
"水啊,你何时流?雷啊,你何时响?"
可怜啊,奇特不幸的荒诞之物,
几次像奥维德笔下的人一般,
伸长抽搐的颈,抬起渴望的头,
望着那片嘲弄的、冷酷的蓝天,
仿佛向上帝吐出了它的诅咒。

二

巴黎在变!我的忧郁未减毫厘!
新的宫殿,脚手架,一片片房栊,
破旧的四郊,一切都有了寓意,
我珍贵的回忆却比石头还重。

卢浮宫前面的景象压迫着我,
我想起那只大天鹅,动作呆痴,
仿佛又可笑又崇高的流亡者,

被无限的希望噬咬！然后是你，

安德玛刻，从一伟丈夫的怀中，
归于英俊的庇吕斯，成了贱畜，
在一座空坟前面弯着腰出神；
赫克托的遗孀，艾勒努的新妇！

我想起那黑女人，憔悴而干枯，
在泥泞中彳亍，两眼失神，想望
美丽非洲的看不见的椰子树，
透过迷雾的巨大而高耸的墙；

我想起那些一去不归的人们，
一去不归！还有些人泡在泪里，
像啜饮母狼之乳把痛苦啜饮！
我想起那些孤儿花一般萎去！

在我精神漂泊的森林中，又有
一桩古老的回忆如号声频频，

我想起被遗忘在岛上的水手,
想起囚徒,俘虏!……和其他许多人!

《天鹅》,这首关于忧郁的伟大诗篇把思想的行动与低垂的头的形象结合起来了。他通过加深一种两重性的方式实现了这种结合。低垂的头,首先是一个人——远方的,想象的——,"抒情主体"的思想转向它。安德玛刻本人正是这个低垂的头,她的身上萦回着对一个失去的祖国之回忆的"思想",这个思想变成了痛苦——这种痛苦在朝向一片东方土地的假装的样子、朝向穿越特洛伊平原的河流的缩小了的拷贝时只能增加:

安德玛刻,我想到你!小小清涟,
这可怜、忧愁的明镜,曾经映出
您那寡妇的痛苦之无限庄严,
您的泪加宽了骗人的西莫伊,

正当我穿越新卡鲁塞尔广场,

它突然丰富了我多产的回忆。

　　每一个思想的行为多多少少与一种丧失相联系，标志着时间上的一种距离，指向一个先前的地方。人们知道，《天鹅》乃是一首关于流亡和流亡者的诗。在第二帝国的特殊语境中，它带来最明显的例证，证明了席勒在其著名的论文《论素朴的与感伤的诗》中所称的"感伤的哀歌"。从这种诗的姿态出发，"感伤的牧歌"是一个变种，波德莱尔在《巴黎风貌》的第一首诗中就想到了，他肯定地宣告对虚假的天真进行的反讽，他的"幻想（……）牧歌的最幼稚的一切"之意愿。想想席勒是用反省来定义感伤的诗的吧。"感伤的诗人沉思事物在他身上所产生的印象才……他面对的总是与两种**不协调**的表现和感觉，一是现实，这是他的局限，一是他的观念，这是他的无限。"我们已经知道，波德莱尔知道如何用同样的词汇说出来："难道我是不谐和音？"据席勒，在哀歌中，自然和理想是死亡的对象，因为自然被表现为丧失，而理想则是丧失还未达到的程度。《恶之花》第一部分的题目是《忧郁和理想》，与席勒的范畴相当吻合。

当散步者穿越新城的一个广场的时候,思想和记忆中的形象的复杂组合突然地出现了。地点,现在的时刻,一下子引发了层层先前的地点和时刻,一整段过去的时间浮现了,其标志是摧毁、死亡、丧失:这个先前的空间只有诗人的记忆给予支撑和保证①。连接各种形象的类似链只从他那里产生:这些形象是"珍贵的回忆",他永远沉浸其中。

确认在其相继出现的折射中(特洛伊,布斯罗特②,老卢浮宫,拆除的街区,新卡鲁塞尔广场)相互重叠的时间和地点与诗中的时代相互呼应,确认这一点并不是无关紧要的,它们是荷马,欧里庇底斯,维吉尔,拉辛,浪漫主义,现代的发明。记忆中的第一个人物是安德玛刻,她是一个诗歌人物,在其身后不可能加上任

---

① 维克多·布隆贝尔在《波德莱尔的〈天鹅〉:痛苦、回忆、劳动》一文中研究了诗的这一方面,载《波德莱尔研究》,第3卷,拉巴考尼埃出版社,纳沙代尔,1973年,第254—261页;维克多·布隆贝尔的英文版《隐藏的读者》收有此文,哈佛大学出版社,马萨诸塞州的牛津,伦敦,1988年。

② 译注:布斯罗特,地中海一港口,今属阿尔巴尼亚。

何"实在"的人,她不仅意味着,在一种深切的怜悯之情绪变化中,思想首先诉诸于骗局;同时,遗憾也转向一种失去的和谐:维吉尔的音乐,它在现实世界中既无位置,亦无实际的价值。维吉尔难道不是"曼托瓦的天鹅[①]"吗?现代的诗人难道不应该在维吉尔的旋律上加上他的"不谐和音"吗?

当我们注意到诗分为两个部分时,出现在第二个诗句的"明镜"这个词具有了它的全部价值。如同在《无可救药》中,诗分为两个部分实现了镜子的效果。在第一部分里,首次出现"曾经"这个词,从时间上表现出安德玛刻俯身向着"小小清涟"的形象;同样的副词又出现了,表明回忆起一座动物园,天鹅从中逃了出来。在第二部分里,在现时的情况下重提旧话,两个"曾经"在相反的顺序下提起,实现了一种镜子一样的、可以互换的结构[②]。

[①] 译注:曼托瓦,意大利北部城市,维吉尔的家乡距此不远,他被称作"曼托瓦的天鹅"。

[②] 在这种"后退"的动作中,可以参见马克·艾杰尔丁格的《〈恶之花〉中的神话文本间性》,收入《神话之光》,法国大学出版社,巴黎,1983年,第59—61页。

天鹅在诗的舞台上最后出现,接着是安德玛刻的回归,不再掩饰任何暴力行为,这种暴力行为使她沦为"贱畜"。在第二个沉思中,思想执着于回忆起的形象;它热衷于把这些形象据为己有,一起来加重和扩展悲伤的原因:

> 卢浮宫前面的景象压迫着我,
> 我想起那只大天鹅,动作呆痴,
> 仿佛又可笑又崇高的流亡者,
> 被无限的希望噬咬!然后是你,
>
> 安德玛刻,从一伟丈夫的怀中,
> 归于英俊的庇吕斯,成了贱畜,
> 在一座空坟前面弯着腰出神;
> 赫克托的遗孀,艾勒努的新妇!

天鹅前面冠以物主代词,它变成了"我想起那只大天鹅";它带有疯狂的特性,用反衬的象征来说明:"又可笑又崇高"。在安德玛刻的悲哀之上,又增加了一种对被糟蹋的身体的奴役和侮辱。镜子一样的形象代替了日益加深的残忍和大量的怜悯。诗人受到他的思想所产生的形象的"压迫",看到这些形象本身也受到压迫的景象——躯体和灵魂都遭到蹂躏。在第二部分,"我想起"重复了第一句的"我想",激起了思想回到它自己的足迹之上。但是,它并不仅限于往昔的重复。它扎根在自己的现实之中,在呼唤新的形象同时,证明了"小小清涟"在它的身上所进行的繁殖,这条小河接受了安德玛刻的"泪"。"我想"的力量增强了流亡的现时形象,这种形象以受到死亡折磨的另一个女人的躯体在具体的、独特的孤独中出现为开始:"那黑女人,憔悴而干枯。"紧接着的是集体的无限的序列:"孤儿","被遗忘在岛上的水手","俘虏","囚徒"和"其他许多人",我们可以说,将思想置于这种悬念和犹豫之中的同时,这些人使诗直到最后一行都像一首乐曲那样展开,没有结论式的节奏,没有局部的返回。仿佛这首诗提到"粗具形状的柱头"之后,它自己也处在粗具形状的状态……

我们很容易就觉察到对称轴,针对这个中心,诗的两个部分像镜子一样组织起来。第二部的第一节,其中

出现了"忧郁"和"寓意",在其恰当的关键位置上,在诗韵展现的强化的事实上:

巴黎在变!我的忧郁未减毫厘!
新的宫殿,脚手架,一片片房桄,
破旧的四郊,一切都有了寓意,
我珍贵的回忆却比石头还重。

这四节诗增加了整个的自我反映的维度,自己就对第一部分的7—12行诗作出回答。"珍贵的回忆"正是"我只在想象中看见"的东西的加重的、石头化的形式:

老巴黎不复存在(城市的模样,
唉,比凡人的心变得还要迅疾);

我只在想象中看见那片木棚,
那一堆粗具形状的柱头,支架,
野草,池水畔的巨石绿意盈盈,
旧货杂陈,在橱窗内放出光华。

读这些诗句而想到一些忧郁经验的基本方面，并无不当之处。

忧郁者失去了他的内在时间和外在事物的运动之间的关联。他抱怨时间的缓慢："什么也长不过瘸了腿的白天"（《忧郁之二》）。然而，忧郁者常常感觉到他回答世界太晚了。他面对令人头昏眼花的外部景象常常体验到一种使他静止不动的束缚[①]。"巴黎在变！我的忧郁未减毫厘"……"凡人的心"和"城市的模样"之间速度的不协调、不同步是忧郁状态的最惊人的表现之一。

这里，无疑应该考虑巴黎的城市风景的深刻改变，那是与工业和公民的发展相联系的社会-政治变化的结果[②]。"巴黎在变"这一忧郁的证实如同一切忧郁的经

[①] 我们可以在《虚无的滋味》（《波德莱尔全集》，第一卷，第76页）的两句令人赞叹的诗句中读一读声画不同步的同样的表达方式，它与瘫痪的体感经验有联系：

时间一分钟一分钟地吞没我，
仿佛大雪埋住了冻僵的尸首。

译按：见《恶之花》中译本，第187页。

[②] 这种社会-政治的解读大部分受到瓦尔特·本雅明直觉的看法的启发。

验一样，从根本上说是伴随着一种谴责的。这是许多最近的读者所看见的越来越浓重的阴影。世纪中期城市化的拆毁与重建，连同它们的不朽性与压迫性的混合是忧郁和流亡感的原因之一吗？或者它们被提及乃是因为忧郁的感觉找不到一个东西专心它的工作，固定它关注任何一个能够给予它自己的痛苦以证明的形象的意义吗？这两种假设同样是有价值的；应该注意不要贸然决定哪一方更有价值……《天鹅》同样包含着一种社会－政治含义。但仅仅归结为这一点也是错误的。

波德莱尔似乎对寓意化的传统具有广博的知识，在这一传统中，忧郁的人物或者人格化的忧郁被一堆杂七杂八的东西包围。那是一间杂乱的办公室，工程中断的工地，或到处是巨大遗迹的废墟。（在列昂·达文的一幅版画[图4]中，罗慕洛和勒莫斯①两个孤儿正在吮吸一头母狼的乳汁。）有时初具规模的工程与拆毁的旧物混在一起。人们迷失在各种杂物的混乱之中：这种混沌

---

① 译注：罗慕洛和勒莫斯，传说两兄弟为战神马尔斯之子，由母狼和牧人养大，后罗慕洛杀死勒莫斯，创建罗马城。

使人想到炼金术士的工作为了达到完美而不可避免地经过的几个阶段。最糟糕的忧郁是不能超越，成为一堆乱七八糟的破烂的俘虏。

波德莱尔纠缠于工作的困难，深陷于片段的幻觉之中，并不缺少他"在想象中"看到的景象，他赋予这种景象以寓意的价值。同样，动词"看到"接续了"我想"，开始了一件表现的工作，直到全面地展开一种"巴黎风貌"。这是一种双重的风貌，它同时涉及"曾经"的巴黎和"新卡鲁塞尔广场"。由于坚持重复"我看到"而构筑起来的场景在一种意义上（哪怕是否定的意义：流亡）重新抓住偶然和混沌提供的所有元素。经过这样的勾勒，画面重新组织了在分解的面貌下提供和继续提供的东西。

波德莱尔像他喜欢的画家一样，特别像德拉克罗瓦①一样，乐于在背景上展示形象。在相当宽阔的视野中，"那片木棚"及其周围构成了背景的深处，与之相对照的是天鹅的形象。这个"眼见之实"在第一个想象的、充斥着古典史诗的形象的深处腾空而起：安德玛刻在"小

---

① 译注：德拉克罗瓦（Eugène Delacroix, 1798—1863），法国画家。

图 4 列昂·达文,《罗慕洛和勒慕莫斯》,巴黎,国家图书馆——摄影,国家图书馆,巴黎。

小清涟"的岸边,让人搭建一张祭坛的床:"英俊"的战士不肯与人分享……

"骗人的西莫伊"是一个河流的堕落的形象,它在"伟丈夫"的土地上流淌。然后,在天鹅出现的空间深处,只剩下"池水"。堕落在继续,在天鹅的"有蹼的足"下,只有"没有水的小溪"还存在。在这个词的词源学的意义上,堕落不仅仅缩减为"平凡",更有甚者,还是枯竭,是干涸。

"那片木棚"的一节增加了维吉尔式的形象的眼见的堕落。请注意声音的因素。"木棚"和"水"给安德玛刻的名字带来了一种可笑的韵脚(作为补充,还有"旧货杂陈")。这种碰撞、可笑的效果在这四行诗的总体中由于声音 k 非习惯的频繁而得到加强①,好像众多的爆破音+流音的语群所致。

在构成总背景的杂乱的工地上,景象变得更加紧密:

---

① 译注:在原文中,"木棚"、"支架"、"池水"和"旧货"都以【k】结束,而"木棚"和"池水"是押韵的,遗憾的是,译者学有不逮,不能在译文中做到惟妙惟肖。

那里曾经横卧着一个动物园……

然后,临时地聚焦为"一天早晨"的场景:

一天早晨,天空明亮而又冰冷,
我看见劳动醒来了,垃圾成片,
静静的空中扬起了一股黑风,

我看见了一只天鹅逃出樊笼,
有蹼的足摩擦着干燥的街石,
不平的地上拖着雪白的羽绒,
鸟喙伸向一条没有水的小溪,

它在尘埃中焦躁地梳理翅膀,
心中怀念着故乡那美丽的湖;
"水啊,你何时流?雷啊,你何时响?"
可怜啊,奇特不幸的荒诞之物,

几次像奥维德笔下的人一般,

伸长抽搐的颈，抬起渴望的头，

望着那片嘲弄的、冷酷的蓝天，

仿佛向上帝吐出了它的诅咒。

在天鹅的白色以特写镜头出现之前，早晨的时间（"天空明亮而又冰冷"，"静静的空中"）将背景和寓意化的形象与没有名姓的群众的"劳动"对立起来："垃圾成片"，"扬起了一股黑风"。相反物体之间的对立，黑暗与光明之间的对立；同时发生的事物之间根据矛盾形容法的对立，波德莱尔的诗提供了如此多的例证。黑暗与光明之间具有同样的绘画上的对立，在第二部分里重新出现，"那黑女人，憔悴而干枯"，清楚地显现于"透过迷雾的巨大而高耸的墙"。

在注定要患上忧郁症的孩子们中，囚徒处在优越的位置上。笼子里的天鹅是忧郁极好的象征。（我不知道是否有画家或雕刻家有过表现这一题材的想法。至少人们可以举出维吉尔·索利斯 [图5]：在这幅版画中，一个女人手拿圆规，低着头；她身旁有一只天鹅，一头鹿，一块石头，一截石柱，近处一条河流

图5 维吉尔·索利斯,《忧郁》,巴黎,国家图书馆——摄影,国家图书馆,巴黎。

过①。)天鹅逃出樊笼,在"干燥的街石"上、在"冰冷"的天空下逡巡,它注定要受困于更坏的忧郁。根据传统的体液病理学说,忧郁是干燥和冰冷的:波德莱尔的直觉使他发现了这两个基本品质。对于天鹅来说,如同钱伯斯提醒的那样,还要加上,表面上获得的自由其实是一种更加严重的分离。这是从一种偶然的捕获到根本的流亡之间的过渡———一种是缺失,一种则是绝对的奴役。在第二部分,"干燥的街石"在"那些孤儿花一般萎去"中找到了语言上的对应物;"没有水的小溪","故乡那美丽的湖"的缺乏,伸出去的"喙",都象征着渴、匮乏,这已经是隐喻的了,第二部分又加重了反讽,在一种苦涩的满足之中吮吸着"痛苦",或在"泪"中痛饮。这一次,记忆中早晨的景象的干燥就这样在最初表现欺骗的水即被安德玛刻的泪加宽了的"骗人的西莫伊","池水",在其他浑浊的水的形象之前,变成了"泥泞"和"迷雾"中的"墙",寓意化为"泪"和"痛苦"(好

---

① 对于克里班斯基、潘诺夫斯基和萨克斯(见前注)来说,在这幅木版画中,天鹅代表了忧郁特有的"预言与神启"。又见马克西姆·普雷欧的《忧郁的对象》,《全国图书评论》,第22期,巴黎,1986年冬,第25—35页。

像开始时的"寡妇的痛苦"变成了一只可以吮吸的乳房），最后，一片充满敌意的大洋判决水手们监禁在岛屿－监狱里。

这首诗有许多悖论和反转。悖论是，在穿越新卡鲁塞尔广场的时候，诗人只是通过安德玛刻的形象、在一个伟大的寡妇的泪水加宽的"小小清涟"的滋养之后，在同一地点再度回忆起天鹅：最遥远的事物产生了一连串的联想。悖论和反转，这是可与使埃及的土地多产的肥沃相比的肥沃，它产生了渴与干燥（在一座本身被一条大河穿越的城市的中心）。在"鸟"的"抽搐的颈"的形象之中，反转又一次朝向"嘲弄的、冷酷的蓝天"，其结果是与安德玛刻在"一座空坟前面弯着腰出神"的姿势适成反面。天鹅形成的垂直维度向天指出一种缺乏，一种不在——与安德玛刻在虚构的河的骗局中、在坟墓的空虚之中的痛苦所遇到的东西相似。（请记住，在《痛苦之炼金术》和《共感的恐怖》中，天空也是一面镜子。）为了嘲讽地形容鸟"抬起渴望的头"的姿态，波德莱尔引进了对于人类上下关系的传统赞扬的一种影射："奥维德笔下的人"。为了增加 –vide 的韵的数量，波德莱尔在安德玛刻第二次出现时重复了奥维德这个名字的声音，写成了"空坟"；决定或者不决定，重复引起了一种意义的交换。奥维德是一个流亡者。波德莱尔知道。（在《天鹅》发表的1860年，波德莱尔发表了《共感的恐怖》，其中重复使用了 vide 这个韵——其中有 livide——，奥维德"被逐出拉丁乐土"，证明了他与《天鹅》中提到的形象具有同源关系[①]。）

"空"，"嘲弄的、冷酷的蓝天"，没有解渴的"雨"，都是"心中怀念故乡那美丽的湖"的证明；同样，对于"多产的回忆"来说，圆满归于一种对被剥夺的形象的欲望。相反乃是相成，但是它们相互补充只是为了更好地说明任何圆满都与匮乏相连，任何匮乏都是极度"出神"的源泉。在奥维德的诗中，神给了人"崇高的骨头"，让他把头转向天空。于是，波德莱尔的天鹅，被创造出来的第一个人的滑稽模仿

[①] 我在《虚无的韵律》（《精神分析学新评论》，第11期，伽利玛出版社，巴黎，1975年，第133—143页）中研究了这些诗。让·鲁多在一封私人信件中提请我注意，在《天鹅》中，i 在韵中不寻常的出现可以被看作天鹅这个词的中心元音的扩散。译按：天鹅的发音为【siŋ】。

的形象,转向一个不回答的天空,转向一个只能成为挑战和"诅咒"的目标的上帝,如果他存在的话。这样,而且不单单是因为它的"可笑"的面目,天鹅很像《巴黎风貌》中另一首诗提到的"盲人":

> 他们的眼失去了神圣的火花,
> 仿佛凝视着远方,永远地抬向
> 天空;……
>
> 我也步履艰难,却更麻木,
> 我说:"这些盲人在天上找什么?①"

在天鹅面前,通过推测中的、相互分享的渴,问话又一次悲怆地出现。但是,这并不是诗人喜欢的话:这是他让动物说的,他听到了:

---

① 《波德莱尔全集》,第一卷,第92页。译按:见《恶之花》中译本,第223页。

"水啊,你何时流?雷啊,你何时响?"

从这种完成了动物的人格化的拟人法出发,这个"奇特、不幸的荒诞之物"最后接近了寓意的地位。它象征着丢失、分离、剥夺、徒劳的焦躁。使她怀念"故乡那美丽的湖"的忧伤意味着一种不可克服的"距离";这种距离并非与那种在寓言中建立在能指的具体形象和所指的抽象实体之间的距离没有关联:从这里产生了合起来读天鹅与象征的愿望,像近年来许多评论者所做的那样,他们依据语言的任意性,把同音异义读作弗洛伊德式的复音决定。

然而,必须注意到,在波德莱尔的运用中,寓意有两种表现的方式。一方面,它在于(可以说扼要地)赋予普通生活的场景、在其偶然的文学性上看起来平常的相遇一种(精神上的)意义;另一方面,根据相反的方式,它给予"抽象"的实体一种物质化的、具体化的、几乎可见的形象。在第一种情况下,"眼见之实",逃出樊笼的天鹅,可以额外地读作怀旧和流亡感的形象[1]；在第二种情况下，大写的"痛苦"通过想象的表达和神话的回忆变成了"母狼"。在两种寓意化中，我们看到了一种重叠的意义。

这种重叠的意义可以作出双重的阐释：我们可以推论出，寓意表现出一种极端的丰富，它显露出包围着每件真实的物体的众多"应和"，或者无数的可感知的形式，每个理想的实体都可以在其中得到体现。但是相反的论据也是可以接受的：在我们的感知中，真实是不能以真实为价值的，必须添加另一种意义，防止任何意义的消失以及非理智的擅入[2]。还有：当我们面对如此这般的世界变成盲人的时候，我们热衷于虚构一种皮影戏，它将是实在的观念的投射，它将掩盖世界的空虚。

---

[1] 据《焰火》的一条记载，这是接近"象征"的道路之一："在某些几乎是超自然的精神状态中，生命的深度在人们眼下的任何景象中整个儿地呈现出来。这景象于是变成了象征。"(《波德莱尔全集》，第一卷，第659页。译按：见《巴黎的忧郁·私人日记》中译本，第280页。) 参见 H.R. 姚斯的《波德莱尔的寓意之回述》，载于《寓意的形式与功能》，W. 豪格主编，许宁出版社，斯图加特，1980年；又，《审美经验与文学解释学》，芬克出版社，慕尼黑，1977年，第322—342页。

[2] 就《天鹅》的最近的阐释，参见罗斯·钱伯斯，其具有个人特点的分析是出色的：《忧郁和对立：法国之现代主义的开始》，科尔蒂书局，巴黎，1987年，第6章，第167—168页。

波德莱尔愿意相信意义的极端丰富，他必须面对现实的后退（如果城市的风景中出现的拆毁之历史事实直接证明了这种后退的话）。在《天鹅》中，如果寓意属于极端丰富的类型的话，流亡和怀旧让人想到分离，这是自相矛盾的。这样，寓意的两种说法（阐释真实和体现观念）就联系在一起了，这样的双重阐释可以接受过满或不足。

在第二部分的第一节中，寓意与忧郁押韵，似乎僵化在两个单音节韵律之间：房栊，石头。静止（"未减毫厘"），重力（夸张使"我珍贵的回忆比石头还重"），赋予寓意两种在诗和哲学-医学传统中最经常被提及的品质。因此，寓意达到了忧郁的最高点：一种消除时间的过渡与毁灭的形象的方式，当然，终止任何生命、投向自己和世界的美杜莎的目光……

但是，在这首诗中，思想从一个寓意移动到另一个寓意。它因此产生了一种引起回忆的运动，我们注意到，这种运动一直展开到使诗在刺激性的悬念中开放。所以，尽管断言了僵化，但是僵化并没有发生。也许是为了消除，才断言僵化的存在。因为在诗的第二部分，"我想起"重提陈述的行为，巫术似乎被解除了。

我们知道，对于临床医生来说，反复思虑是忧郁状态的迹象之一，它可以贫乏到"孤独意想"的程度。但是，在重复"我想"的时候，我们该看到一种忧郁的反复思虑的形式吗？这难道不是划一次桨、喘一口气吗？它们激活意识，开始一段解放的时间。

让我们在词语的顺序上看看开始的"我想"介入的方式。处在粗暴地叫出的安德玛刻的名字和介绍她出场的"您"之间，"我想"完全地被伟大的女性形象围绕：它仿佛蜷缩在她的怀中。实际上，它不涉及以笛卡尔式的"我想"的方式出现的孤立的、绝对的"我想"。这首诗所有的"我想"都是对（想到）不幸的人说的——他们由于惋惜其他的人或其他的地方而陷入沉思、遭受折磨。具有精神意图的对（想到）这个词是最重要的。献词"给维克多·雨果"使我们立刻明白了这一点，他当时正在流亡中。这首诗从始至终，所有定向的介词同样是重要的（我把列举介词留给读者判断）。我强调：思想的运动不止于赋予可见的形象一种寓意的意义。它更多的是朝向人，使他们集合在"流亡者"的整体中。

因此，问题不在于历数同源的形象：典型的形象白白地重叠；它们中的每一个出现时都仿佛被一个共感的新冲动发现过一样：

> 我想起那黑女人，憔悴而干枯，
> 在泥泞中彳亍，两眼失神，想望
> 美丽非洲的看不见的椰子树，
> 透过迷雾的巨大而高耸的墙；
>
> 我想起那些一去不归的人们，
> 一去不归！还有些人泡在泪里，
> 像啜饮母狼之乳把痛苦啜饮！
> 我想起那些孤儿花一般萎去！
>
> 在我精神漂泊的森林中，又有
> 一桩古老的回忆如号声频频，
> 我想起被遗忘在岛上的水手，
> 想起囚徒，俘虏！……和其他许多人！

最终的悬念可以解释为一种断裂，它使这首诗成为与断裂的圆柱相似的物体，它在许多有关忧郁的经典寓意中散布在沉思的人物周围。但是，它也可以被理解为共感运动的无限性的一种标志，这种无限性并不吝啬，但试图扩张。只要受到一种真正的慈悲刺激，思想就奔向另一个受苦者，于是"其他许多人"就出现了。

诗的最后一节要求我们提出最后的意见。在变化了的城市中，在"卢浮宫前面"，诗人感觉到自己处于流亡的状态。他的"精神"想象在森林中流亡，自愿地逃亡在遥远的树林中。一种新的回忆与新的流亡，两种幻象遥相呼应。我们读到："我珍贵的回忆比石头还重。"现在，一种寓意化的大写的"回忆"响起来，像"猎人的呼喊"一样，如同我们在波德莱尔的另一首诗中听到的那样[1]。这不再是石化的回忆，而是有着音乐化的生命。接着压迫（"景象压迫着我"）的是喘息的圆满性。

---

[1] 科雷拜-博兰编的《恶之花》的一条注暗示了这种对照。显然，这种在象征的森林里寻求避难所的方式是一种与转向他人的痛苦现实的在场行为相对立的行动。应该读一读伊夫·博纳富瓦在《面对鲁本斯的波德莱尔》一文中表达的看法（《红色的云》，法兰西水星出版社，巴黎，1977年，第42页）。

我们无疑还没有离开忧郁的王国，但是不祥的重力已经被有声的流动性所取代，仿佛在喘息和声音的连奏中，生命的饮剂出现了。"号声频频"不仅仅与最后一个词"和其他许多人"押韵。如果我们听一听词的声音和意义的变幻，如果我们观察字母的频率，我们如何能不注意到构成号声的字母是"石头"的回文？我们如何能不注意到，通过反转，如此可怕地压在身上的东西变轻了呢？我们如何能不觉察到喘息的圆满紧跟着"空坟"的浮现？我们就这样接触了精通音乐的忧郁区域，在那里，悲伤不再是难以忍受的，哀伤不再与沉默相连，快乐也许以反常的方式混合于痛苦，就像安德玛刻的"出神"已经宣布的那样。

4

最后的镜子

低垂的头，朝着镜子的观看，忧郁的沉思：在我们读过的文本的延续中，还有其他波德莱尔的文本出现。（方法论的意见：无论它多么武断，所有的**成系列**的东西，其中文本连续出现，回答一个问题，在其延续之中要求阅读同一件作品的别的部分，或者别的作品，出现了一些回声，没有这些东西，回声是不可能觉察到的：这是批评的建设，也是作品秘密然而客观的道路。）

在《沉思》[①]中，寓意散漫地混入黄昏的光亮；诗

---

① 译注：《沉思》，《恶之花》中的一首诗，见《恶之花》中译本，第342页。

人轻柔地对他的"痛苦"说话,向它展示据有空间和时间的奇妙姿态的低垂的头。我们只需引证,听一听:

远离他们。看那悠悠岁月俯身
在天的阳台上,穿着过时衣裙;
从水底冒出了笑盈盈的惋惜;

垂死的太阳已在桥拱下睡熟,
仿佛拖在东方的长长的尸衣,
听,亲爱的,听温柔的夜的脚步[①]。

在形象的结合与几乎解体之中,"悠悠岁月"并不观照它们自身在河面上的反映;这是一种新的忧郁的存在,"笑盈盈的惋惜"似乎对它们作出回应。而阴郁的因素则变为散乱的触点……

我们再一次发现"岁月"和"过时"押韵[②],更有甚者,

---

① 《波德莱尔全集》,第一卷,第141页。译按:见《恶之花·沉思》中译本,第342—343页。
② 译注:原文中,"岁月"(années)和"过时"(surannées)押韵。

它们重新环绕着低垂的头。应该再读一遍反讽的、悲怆的被命名为《被冒犯的月神》这首十四行诗。诗人呼唤月亮，"我们的窝的灯"，问它看见了什么。我们只读两节三行诗：

披着你的黄袍，脚步悄然无声，
你还要像从前，从夜晚到清晨，
跑去吻恩底弥翁过时的俊美？

"没落世纪之子，我看见你母亲，
对镜俯下多年的重重的一堆，
给喂过你的乳房艺术地擦粉①！"

被当作天之冰冷的见证的奇特话语，它给予镜子一种母亲的形象，类似于叫做《随心所欲》（图6）的铜版画。我们注意到，波德莱尔在《灯塔》一诗中提到戈雅的艺术，

---

① 《波德莱尔全集》，第一卷，第142页。人们可以问一问题目的意思：月神被冒犯了吗，就因为她看见了母亲揽镜自照，或诗人问她看见了什么？

图6 弗朗西斯科·戈雅,《至死不渝》,巴黎,国家图书馆。

例如"充满未知事物的噩梦",其中有"揽镜自照的老妇[①]"。这是一种骷髅卖弄风情的场面,被一种不谨慎的目光暴露出来,它显示的完全是与安德玛刻的忧愁相反的东西。没有眼泪:只有干燥胜过一切,还用"擦粉"这个动词予以强化。这是怎样的对艺术家的滑稽模仿呀,它用了"艺术地"借以展开的三个音节!(我们不要受到诱惑而去孤立对谎言的揭露——artistement 中的 ment 这个音节——,这个副词运用得如此明确。)儿子,也就是说诗人,追求一种更为困难的艺术,他弯腰向着障碍:"诗人在寻章摘句中碰破额头"。

我很小心,不去肯定这个镜子里的母亲的形象泄露了其他附身的形象所蕴含的忧郁的秘密。但是,想到另一首诗则是适宜的:《我没有忘记[②],……》。这是一首讲述幸福时光的诗,孩子独享母亲的温柔,她那个时

[①] 参见让·普雷沃:《波德莱尔:论灵感与诗创造》,法兰西水星出版社,巴黎,1953年,第150—152页。

[②] 《波德莱尔全集》,第一卷,第99页。这首诗是《巴黎风貌》的一部分,波德莱尔对他母亲说这首诗与她有关。参见《波德莱尔全集》第一卷编者注,第1036页。关于这首诗我写了一篇风格学的研究:《我没有忘记……》,收入《词的幸福:献给杰拉尔·安托瓦纳》,南锡,1984年,第49—72页。

候还未再婚。事情奇怪，意外，也许同笔误一样是有含义的："擦粉"一词在波德莱尔的诗中只用过两次。第一次是："艺术地擦粉"。第二次用作名词，还是与母亲相连，或更确切地说，地点和修饰的形象因母亲的存在而令人难忘：粉表明不确定的占有；它是世间最平凡的东西：

> 我没有忘记，离城不远的地方，
> 有我们白色的房子，小而安详；
> 两尊石膏像，波莫娜和维纳斯，

望着天空的眼睛，与《被冒犯的月神》一样，没有被忘记：这一回，是一般的黄昏时的太阳，"阳光灿烂，流光溢彩"。未来的诗人，母亲，都没有在镜子里观察自己。当波德莱尔提到"慢慢地、默默地晚餐"的时候，想想孩子和母亲面对面，交流着目光，这是合于情理的。"美丽的烛光"在这十行诗中并不缺乏，只是它被投射、衍射、"洒在"，而不是被反射回来。这是穿过窗户的反光，使晚餐变得圣洁：

(……)

傍晚时分，阳光灿烂，流金溢彩，

一束束在玻璃窗上摔成碎块，

仿佛在好奇的天上睁开双眼，

看着我们慢慢地、默默地晚餐，

大片大片地把它美丽的烛光

洒在粗糙的桌布和布窗帘上。

"我没有忘记"相当于"我想到您"。忆及"阳光灿烂，流光溢彩"之时，能不说是人像天鹅一样，"心中怀念着故乡那美丽的湖"吗？忆起的时光是流亡之前的时光，忧郁之前的时光，镜子之前的时光。如果痛苦的形象不存在于这首诗中，这无疑是因为在痛苦之外存在着痛苦的泉源本身，即在"烛光"的热度之中。太阳占据了父亲的位置。

当波德莱尔以大调式的方式写作的时候，在希望的音调中，最初的热力的神话与最后的热力的神话相互呼应。《死亡》中的一些诗，特别是《情人之

死①》,使忧郁的阴暗内容在辉煌的火焰中燃烧殆尽:

> 两颗心竟相燃尽最后的热量,
> 最后将变成两支巨大的火把,
> 在两个精神,在孪生的镜子上
> 相互映出了彼此双重的光华。

从双重的镜子中射出在死亡中结合的"唯一的闪电":

> 随后,有一位天使忠诚又快乐,
> 他把门微微地打开,进来擦拭
> 无光的镜子和点燃死灭的火。

在既借鉴又背离宗教传统的新柏拉图主义的象征中(图7),生活之外精神的相互作用才在一种复活的双

---

① 《波德莱尔全集》,第一卷,第126页。参见米歇尔·德吉:《关于分析〈情人之死〉的笔记》,载《诗学》,第3期,1970年,第342—346页。

图7　乔治·德·拉图尔，《玛德莱娜·莱特曼》（细部），纽约，莱特曼藏品。

重镜子里放射出光辉。然而,热力却远离了。孪生的镜子的反映不再是心灵的火炬。这样的形象表现的交换不在身体的存在中完成。在将来,允诺等于另一个真实——为了这个真实,镜子不产生堕落的、被伤害与伤害的模仿,而是一种完美的辉煌。这就是梦想。它重新融入了——这可能是带给精神不死的希望的一个被戳穿的秘密——《巴黎的梦》①的"可怖的风光":

(……)也是
明晃晃的巨大镜面,
被所映的万象惑迷②!

真正的天空所具有的黑暗粗暴地中断了梦想,而梦想发展了一面巨大的镜子所拥有的魔法,这面镜子本身则由无限的闪烁的面所构成。这些具有纯光的镜子只能在空无中放光。它们不会暗淡无光。现在的、世间的镜

---

① 译注:《巴黎的梦》,见《恶之花》中译本,第246页。
② 《波德莱尔全集》,第一卷,第102页。译按:见《恶之花》中译本,第248页。

子不同：当黑夜来到我们身上时，它们清晰地返回给我们的是我们的影子。

注释说明

关于波德莱尔著作的引述出自《波德莱尔全集》第一卷和第二卷,克洛德·毕舒瓦编辑、阐述与注解,《七星丛书》,伽利玛出版社,巴黎,1975年,1976年。译按:波德莱尔著作译文的引述出自《波德莱尔作品集》(四卷本:《恶之花》、《巴黎的忧郁》、《浪漫派的艺术》和《美学珍玩》),郭宏安译,上海译文出版社,2009年。

附录 1

波佩的面纱

被隐藏的东西使人着迷。"为什么让波佩①遮住她那美丽的脸？是为了让她的情人们觉得她更美吗？"(蒙田②语)在遮掩和不在场之中，有一种奇特的力量，这种力量使精神转向不可接近的东西，并且为了占有它而牺牲自己拥有的一切。就欲望的机制来说，童话是一种现实主义作品，其中的珍宝总是被藏在某个阴暗的深处：倘使它应该属于某个人的话，它将属于那个放弃一切，

---

① 译注：波佩，古罗马美女，以淫荡著称。
② 译注：蒙田（Michel Eyquem de Montaigne, 1533—1592），法国作家，有《随笔集》传世。

甚至放弃拥有它的希望的那个人，神秘之特性乃是使我们必须将一切不利于接近它的东西视为无用或讨厌的东西。是的，阴影具有一种使我们放弃一切猎获物的能力，这仅仅因为它是阴影，它在我们身上激起一种无名的等待，魅力使我们相信，要听命于它，我们甚至可以置生命于不顾。它将我们剥夺净尽，唯一的许诺就是让我们得到完全的满足，假使开始时我们能够梦想获得被隐藏的东西，那么角色将立即发生转换：我们于是变得被动和瘫痪，因为我们放弃了我们自己的意志而听从了不在场所发出的急切召唤。

当然，道德家们认为这种牺牲令人气愤。什么？为了一种幻想就丢掉一切！为了生活在一种毁灭性的迷狂中就让人抢走现时的世界！鄙视可见的美而爱不可见的美！对于被隐藏的东西的激情招致不少的批评，这些批评时而指责它是魔鬼的诱惑，时而又指责它是上帝的诱惑。不过，应该做的是解释这种激情，而不是急于将其视为一种欺骗。

被隐藏的东西是一种在场的另一面。假使我们试图描写的话，不在场所具有的能力把我们引向另一种能力，这种能力为某些实在的东西以一种相当不等的方式所拥有：这些东西表明它们后面有一个神奇的空间；它们是某种东西的标志，但它们并不是这种东西。作为横亘其间的障碍和标记，波佩的面纱产生出一种隐秘的完美，这种完美因其逃避本身而要求我们的欲望重新将其抓住。根据障碍所形成的禁止，一种深刻便出现了，这种深刻被看作是本质性的。魅力产生于一种真实的在场，这种在场迫使我们偏爱它所掩盖的东西，即它阻止我们达到的远方，而在它呈现出来的那一刻，我们是达到不了这远方的。我们的目光被一种令人眩晕的虚空牵住，这种虚空就形成于迷人的东西之中，于是一种无限形成了，吞噬了它原以为变得可感的那种实存的东西。实际上，如果说迷人的东西要求我们放弃我们的意志，那是因为它自己就被它引起其介入的那种不在场取消了。这种奇特的能力在某种程度上很像实物方面的一种匮乏和不足：它不是拉住我们，而是在一种现象的远景中和隐晦的方面上让我们超越它。但是，只有面对我们的目光的苛求的时候，实物才能显出不足，而我们的目光一种幻想的在场激起了欲望，不能在可见之物中使用其全部精力就一往直前,朝着一种无返的彼岸,消失在一片不存在的空间之中。波佩的风险在于她那裸露的面容可能会使她的情人们失望,或者,她的睁大的坦白的眼睛仍使他们觉得蒙着一重阴暗的面纱:欲望于是不能不到别处去追寻。

被迷住,乃是心不在焉的极致。是对现存世界的一种奇妙的疏忽。但是可以说,这种疏忽的根据正在它忽略的那些实物本身。因为我们过于急切地回答了那位带面纱的诱惑者,我们的目光越过了那可以拥有的肉体,成了虚无的俘虏,在黑夜中耗尽自身。萨比娜·波佩(在枫丹白露派一位不知名的大师为她画的"肖像"中)让人在朦胧中看见了她的肉体,并且微笑着:她是无的。她的情人们并非为她而死;他们是为了她那不兑现的诺言而死的。

考其词源,人们发现,为表示定向的视觉,法语使用 le regard[①] 这个词,其词根最初并不表示看的动作,而表示等待、关心、注意、监护、拯救等,再加上表示重

---

① 译注:Le regard, 动词形式为 regarder, 有看、注视、注意、面向等意。

复或反转的前缀 re 所表达的一种坚持。注视 (regarder) 是一种意在重新获得并保存之的动作……注视的动作并非当场终结：它包含有一种不屈不挠的冲动和非再拿回来不可的劲头儿，似乎它受到一种希望的激励，这种希望就是扩大它的发现或者重新获得正从它手中溜掉的东西。凝视具有一种跃跃欲试的力量，它不满足于已经给予它的东西，它等待着运动中的形式的静止，朝着休息中的面容的最轻微的颤动冲上去，它要求贴近面具后面的面孔，或者试图重新经受深度所具有的令人眩晕的蛊惑，以便重新捕捉水面上光影的变幻。我感兴趣的就是它的这种命运。

有些人可能以希腊为证，说可见之物与光的王国就是度和序的王国：面容被限制在其外形之中；空间因一种和谐的系数而有节律，规律赋予每一种观点以一个既是至上的又是不稳定的王国。然而，在看起来是合度的胜利的东西中，却有着一种隐秘的失度：确定、几何化、固定一些稳定的关系这种意愿不能不对注视的自然经验产生一种额外的冲撞。几何度的空间是一种警觉的努力的产物，这种努力手执圆规修正情感的偏见，然而活的空间的"变形"正得之于这种偏见。人们很难不在其中看到一种二级夸张,即通过否定欲望和不安所具有的自发的夸张来寻求平衡。

注视很难局限于对表象的纯粹确认。提出更多的要求乃是它的本性。实际上,所有感官都具有这种急切性。除了习惯上的通感,每一种感官都渴望着交换其权力。歌德在一首著名的《颂歌》中说:手想看见,眼睛希望抚摸。对此人们可以补充说:注视想变成言语,为了获得更持久地固定逃离它的东西的本领,它愿意失去直接察觉的能力。相反,言语则常常退避,以便为一种纯粹的视觉、为一种完全忘记语词的声音的直觉铺平道路。在每个领域内,最高的权力似乎是那种决定一种意外的、震撼人心的替代物的权力。我们也不要忘记,盲人的夜充满了固定的注视,或更可以说,充满了向手偏斜的、变成摸索的注视。注视作为一种与其他注视和看得见的境域之间的有意图的联系,在不具视觉功能的情况下,可以借用补充的通道,从听觉的专注点或手指尖端上通过。因为这里我更多地是将注视称为建立联系的能力,而非拾取形象的能力。

在所有的感官中，视觉是以最明显的方式听命于急切性的。一种神奇的、从来不是完全有效的、但也从不气馁的微弱意愿伴随着我们的每一眼：抓住，剥去衣服，使人呆住不动，深入进去。蛊惑，就是说，让隐藏在一个不动的瞳仁中的东西的火发出光亮。有同样多的已然开始的行动，而它们并非总是停留在有意图的状态之中的。在表达欲望的强烈时，有时注视也会变得有效。"如果注视能让人受孕的话，那该有多少孩子！如果它能杀人的话，那该有多少死人！街上将满是尸体和孕妇。"什么！瓦莱里不是已在我们的街上看见了这些尸体和这些孕妇吗？

注视假使不为过量或不足的光所出卖，就永远也不会餍足。它使某种不会缓和的冲动得以通过。理解、残酷、温柔，这些词都不足以畅其意。它们总是得不到平复、满足。如果这些激情在注视中醒来，并由于看的动作而得以加强，那它们是找不到什么东西来使自己满足的。看为欲望打开整整一个空间，但是看并不能满足欲望的要求。可见空间证明了我的发现能力，同时又证明了我对于到达的无能。人们知道充满渴望的注视可以是多么地悲哀。

看是一种危险的行为。这是兰塞①的激情,而蓝胡子②的妻子们却因此而丧命。在这一点上,神话和传说出奇地相互一致。俄耳甫斯③、那喀索斯④、俄狄浦斯⑤、普赛克⑥、美杜莎⑦,都告诉我们,极力想使其注视所及更远,心灵就要盲目,陷入黑夜:"果然,匕首从她手中落下,但灯仍在:她要做的事太多,要看的还没有看完呢。"(拉封丹语)于是,油(或注视)的烧灼惊醒了睡着的神,使普赛克忽忽悠悠地跌进沙漠。

注视保证了我们的意识在我们的身体所占据的地方之外有一条出路,在最严格的意义上说,这是一种奢侈。

---

① 译注:希腊神话阿耳戈英雄之一,其视力可穿透土地和木板。
② 译注:法国作家贝洛的童话中,蓝胡子的第七个妻子被禁止进一密室,否则将受严惩。后来,她违令进入,看见蓝胡子的六个妻子的尸体。
③ 译注:希腊神话中的诗人和歌手。
④ 译注:希腊神话中的美少年。
⑤ 译注:希腊神话中,俄狄浦斯犯下弑父娶母之罪,遂刺瞎双目,离家流浪。
⑥ 译注:希腊神话中,普塞克与爱神厄洛斯相恋,但爱神不许她窥其面容,某夜,她违命持烛偷视,爱神惊醒,从此不见。后经种种磨难二人终成眷属。
⑦ 译注:希腊神话中之怪物,谁看她一眼,立即变成化石。

教会的神父们的严厉即源于此:诸感官中,视觉最易犯错误,天然地有罪:"勿将你们的眼睛盯在一件使其愉悦的东西上,想想吧,大卫只因看了一眼就丧生了。"(博须埃①语)"眼睛的贪欲"包含并概括了所有其他的贪欲,此乃恶中之尤。"在某种意义上说,眼睛下面包容着其他一切感官,在人类语言习惯中,感到和看到常常是一回事。"博须埃这里只是重复奥古斯丁②。我们看的渴望总是对轻佻的好奇、无用的消遣和残酷的景象有求必应。最微不足道的借口都能俘获我们的眼睛,使我们的精神迷失方向,远离拯救之路。奥古斯丁觉得拒绝看马戏的快乐简直是最大的痛苦。然而,野兽在竞技场之外的地方相互残杀,对于有违决心的苦行者来说,一切都又成了一场戏:"我坐在家里,一只壁虎捉住一只苍蝇,一只蜘蛛网住了落进的昆虫,这时我的注意力不是被吸引住了吗?"

然而,因其冒失和分散而责备世俗的注视的那些人

---

① 译注:博须埃(Jacques Benigne Bossuet, 1627—1704),法国作家。

② 译注:奥古斯丁(Aurelius Augustinus, 354—430)古罗马基督教思想家。

自己却又要求这种能力,要把它引向"超自然的光明"和可以理解的形式。依其所愿,注视的自然的夸张若朝向彼岸世界则不再是有罪的了。奥古斯丁在摆脱光这"色彩之王后"的诱惑的同时,希望阴影有利于一种新的光进入精神的、肉眼不可见的光。接近理念,这"仿佛是一种超越了视觉限制的视觉"(莫里斯·布朗休[①]语),而理念一词本身就与看这行为有关。无论在肉体好奇的意义上,还是在精神直觉的意义上,看的意愿都要求有权使用一种第二视觉。

是我想看得更多、拒绝并穿越我的暂时界限这种欲望促使我向我已然看到的东西提出疑问,并将其视为一种虚假的背景。这样,某些人就开始了一种奇特的反抗,他们为了在表象之后把握住存在,就把直接可见的东西当作敌人:他们揭穿表象的虚幻,但他们没有想到,正当他们大规模地取消第一视觉的魅力的时候,他们也几乎没有给第二视觉留下什么机会,因此他们就将视觉的精彩戏剧毁灭在他们的急切之中了。当然,这也是必经

---

① 译注:布朗休(Maurice Blanchot, 1907—)法国作家。

之路。在苛求的注视中，有着对视觉的原始材料的全面的批判。这种批判不可避免地要运用不同形式的话语：几何用推理在纯粹的抽象中修正了肉眼看得过于笼统的东西，诗的语言试图将可见的表象转换成一种新的本质，因为说话、为事物命名倾向于延续（否则就结束）保护工作，而这种工作在注视中总是未完成和不稳定的。注视的尖端已经比注视多点什么，它在视觉借以自我否定和自我牺牲的行为中继续它的意图。而批评在判决了虚假的表象之后也并非不能反转来反对自身：如果说些许的思考使我们远离感性世界，那么更为苛刻的思想则将我们引向感性世界。仿佛注视在穿越虚无之后，强力扩展了视野，就只有一条出路了，即返回直接的明显之物：一切都从这里重新开始。这样，人们将看到，在蒙田那里，为了一个有待揭示的真理，一种有待消除的诱惑，最咄咄逼人的批评是针对假面具和伪装的，这是为了最终达到一种智慧，这种智慧"与表象相协调"并且认可波佩原已在我们身上引起骚乱和愉快的急切的那重面纱。怀疑主义首先让我们警惕普遍的欺骗，但又不知不觉地引导我们以一种智慧为起点重新开始，这种智慧在自反的凝视的保护下，相信感觉，相信感觉呈现给我们的世界。

以下的研究都通过不同的渠道与一些表达了对一种被隐藏的现实的追索的文学作品有关：这种现实被暂时掩盖起来，但对"善于挖掘和能使之在场"的人来说，又是可以把握的。这需要在每一种情况下都重新勾画出一种注视的历史，这种注视在欲望的牵引下不断有所发现。在好几种场合下，还必须指明，对于被隐藏的东西的追索如何由于野心过大而面临失败和失望。

人们将发现，本书远非并且超出一种主题研究。远非，因为我不认为有必要罗列有关视觉运用的一切表现的材料（容貌或符号语言）或感知的材料（世界观、表面与深层的变幻）。超出，由于密切关注最初的表象不能使之满足的注视所怀有的苛求的命运，我必须跟随一种在中介中几乎不断进行的冒险，这种中介横亘在作为目标的猎获物和希望占有它的眼睛之间。注视是人物和世界、我和他人之间的活的联系：作家的每一眼都对现实（或文学的现实主义）的状态提出疑问，也对交流（或人类交流）的状态提出疑问。因此，这里说的不是一种片面的动机（否则，它将被人为地孤立起来）：这里的研究希望在被研究作品的必要性这种水平上进行。

对于作家来说——还有画家，不管看起来如何——冒险在超越了第一视觉之后仍在进行，尽管不曾得到满足的欲望在失去与可感之物的接触之后还得把我们拉回来。这四篇论文的主旨是描述一种言语，这种言语从最初的注视出发，通过其他的、经常是反常的道路追寻着最初的景象中似乎缺乏的东西，而这种最初的注视时而是被迷惑的，时而是觊觎的，时而是怀疑的。不走同一条路(或同一条不存在的路)，不承担其风险，对我们的分析来说，将是违反凝视的深层规律，即不肯在首先呈现出来的东西面前止步：应该知道它的过度所通过的全部路程，知道它带着什么样的狂怒超越自己的权力并招致盲目。注视将其意图对准更远的目标(这种目标常常是模糊的)，而意识开始改变的正是这种意图本身，它自己的张力，它自己的进入变形阶段的欲望。同时，这四篇论文虽也试图描述视觉的特殊境界，但更多的却是描述知觉力必多在其与世界及其他人类意识的关系中变动不居的命运。

在高乃依那里，一切都始于眼花缭乱。但是这种眼花缭乱是不稳定的,只存在于转瞬即逝之际。高乃依式的英雄对于闪光之物的引诱是敏感的,但是不肯屈服,他的崇拜是被迫的:被迷惑的意识从被动的处境中挣脱出来,盼望着变换角色。意识希望自己也变得眩目,成为闪光和权力的源泉。它首先是通过慷慨的言语来要求这种特权。然而辉煌的话语还不够,还应该求助于这种言语可能不谨慎地许诺的行动。由于豪言壮语的要求,意识使成就英雄之伟大的决定成为不可避免的东西。于是,人一生下来就具有他为自己造出来的了不起的命运:在普天下的人的眼中,他一出世就是胜利者。他最高的幸福不是孤立地存在于看的行为中,甚至也不是孤立地存在于做的力量中,它存在于使人看的复杂行为中。那么,什么样的丰功伟绩、什么样的意志才有能力产生并传播一种不可磨灭的眼花缭乱呢?唯一有效的努力,其"效果"可以保证的唯一的努力将是自我牺牲,这是一种行动,人通过这种行动将其全部力量反转来对着自己,完全地否定自己,以便在作为证人的人类世代的注视之中获得重生。一个不朽的声名就是这样造就的。但是,还须有人民的赞同和警觉的共谋:人们,将怀疑人类的记忆和声名的永存,于是一切将在黑暗和虚荣中倒塌,剩下的将只是灰尘满布的舞台布景,慷慨的英雄又变成他自己的演员,一场"可笑的幻影"的可笑的演员。

在拉辛那里,激情和欲望号令一切。一种奇怪的软弱,一种命定的盲目使英雄不能完全控制其行为。一种隐约的、恶毒的力量指使他们犯下罪行,使他们遭遇不幸,使他们暴露在我们怜悯的目光之下。他们的理性永远也不能克服吞没这种理性的令人眩晕的慌乱。但是,他们并非不能看出他们的沉沦,然而这种严厉的意识并不能阻止他们走向毁灭。他们的完全的清醒来得太晚,悲剧认识的明晰性与不可改变的灾祸面前全然无能为力的感觉相辅而行。

对拉辛戏剧的细心阅读,对其表现手法的系统分析表明,注视取代了舞台手势,注视变成了最突出的动作。注视表达了对于一种贪欲的痛苦的警惕,这种贪欲事先就知道占有等于毁灭,然而它既不能放弃占有,也不能放弃毁灭。在拉辛那里,悲剧性不单单与情节结构联系,也不单单与结局的不可避免性相联系,是全部人类命运从根本上被判决了,因为一切欲望都命定地陷入注视的失败之中。这种失败,谁都不甘心;拉辛的人物徒劳地固执,但只是变得更有罪。偷看的癖好,通过眼睛来占有,通过注视这种行为来伤人的欲望相互激化,因为它们感到注定不会被满足。在最酷烈的场面中,折磨的权力完全由凝视来行使,失望的屠夫感到一种痛苦,其强烈并不亚于受害者的痛苦。于是,人们在欲望的中心、在视觉贪欲的残忍的闪光中猜到一股绝望的火,这股火追逐着它自身的死亡:由于不能得到希望的东西:它就只能通过选择灾难和沉入黑夜来克服它的痛苦。当英雄们沉入深渊时,无情的神则在充满光明的天上宣布,他们是一场颂扬其全能的灾祸的绝对见证。

对于卢梭来说,童年的幸福在于生活在无忧无虑中,生活在一个与善意的神祇比肩的证人的注视之中。然而很快这种善意就被一种随处都可以预感到的敌意所取代。从此,绝不可能公开地希望得到最无邪的糖果而不使人们的眼中流露出谴责和嘲讽。所以,自惭形秽的欲望只能败退,放弃占有,暗中偷看一眼。卢梭如此明显的观淫癖和裸露癖倾向即源于此。由于害怕一种有罪的接触和主动性,他就满足于远远地看或被看。这些倾向有时看起来像堕落,但这是为了乔装打扮,为了以后通过升华来实现转化:在《新爱洛绮斯》中,正直的无神论者德·瓦尔玛先生宣称他想完全变成凝视,成为"活的眼";在《爱弥儿》中,家庭教师找到道德上的借口来观看他的学生们的最温存的爱抚。在彻底忏悔的有道德的犬儒主义中,"可笑之物"的展示又以另一种方式重新开始。然而,看与被看,这还是说得过分了。外部的敌意太强烈,卢梭即使并非不能正面对抗,仍常常是喜欢让它胜一局,以便退向一个更秘密的领域。欲望不论多么明显,仍变为一种潜在的力量;他不再针对外在的人和事:他享有自身,既无犯错误的危险,亦无受惩罚之虞。于是,这种欲望隐藏其中的反身向内的运动得到一种发现的补偿,这种发现使一种自文明之初就一直是潜在的现实变得明显起来:被埋没的自然,自然的人。这现实有巨大的后果,因为它成为一种标准,现存社会据此可以被公正地评价,一种更为公道的共同体也可以据此被想象出来。

根据一种有感情的成人和儿童都必备的非理性的信念,不再将其凝视指向外部的诱惑,不再寻求外在的征服,就是不再向回看,就是逃避敌意的见证和消除迫害。在其被蛊惑的虚构世界的中心,卢梭消除了时间之初的天真无邪和爱情的最强烈的欢乐之间的对立。他创造了一种温柔而震撼人心的景象,没有任何障碍可以阻止他亲身参与进去。没有什么东西能破坏重获之幸福的透明性;仿佛在儿童的天堂中,一种信任的对话将我和善意的对话者连结起来:摆脱了言语的误会,人们求助于符号的言语,于是人在相互注视中相互理解了。

然而,在这种想象的景象之外,并且由于这种景象所洋溢着的兴奋激动,卢梭达到了一个极点,在那里,所有的形象都消失在狂喜和存在之纯粹感情中了。由于梦幻者内在的注视已经耗尽了幻想的节日的快乐,欲望就想体验一种更高程度的满足,并且它体验到了:这时,全部视觉都消失了,让位于一种富有快感的眼花缭乱,也可以说这是全部的光明或绝对的黑暗。

卢梭比其他任何人都更使人们认识到,注视在其觉醒伊始,就包含着一种奇特的分离的力量:它是以一种远距离的赞同为代价才发现客观的空间的;它迫使我们看到事物是有区别的——区别于我们,彼此间相互区别。

它也粉碎了原初的统一性，其原始的存在在盲目的返向自身中自娱。当注视变为反省时，统一性的丧失更为严重，因为反省乃是脱离直接接触更深地陷入相互分离的存在的不幸之中。当推论的理性来自反省的思想时，它距离原始的统一性最远。但是，分离的考验激起并强化重获失去的统一性之愿望：经受分裂导致发现交流之苛求，这种苛求将修补成为碎片的存在，在卢梭那里，理性的言语有一特别使命，即重获在它身上并也用于它而被丢失的东西。逻辑的反省不应被摒除；为了摆脱它，就要将其无误地贯彻到底。于是，当言语完成任务而沉默的时候，因理性而清醒的意识就返回感情规律和初始的共有统一性。一个圈闭合了，被分离的视觉和反思的痛苦将把意识引上返回原初幸福的道路。卢梭绝不能被置于非理性主义者的队伍中，但是他的理性主义与一种信念(浪漫主义者也声称具有这种信念)并行不悖，根据这种信念，"存在的"真理隶属于时间的王国——或现时的王国——而非受理性的数量约束的客观空间王国。我们不要忘记，意识的这种旨在超越传统言语的束缚的冒险也是经由言语才完全地呈现在我们面前的：如果反省的凝视严格地说可以引导我们越过反省的不幸，那么完成了的言语(即诗)就寻找并且找到了一种类似的超越的能力。似乎卢梭已经对阐明这种能力作出了决定性的贡献。

在斯丹达尔那里，如同在卢梭那里一样，在开始时也有一种在他人的嘲讽的目光下因羞愧而感到的震惊。但是在斯丹达尔那里，犯罪感不那么沉重。其反击之非同寻常的激烈即来源于此。在敌意的凝视下怎么办？只能成为另一个人：变化或伪装。对于外界的冒犯，斯丹达尔回以正规的反击。他的变化只在表面上看起来是一种逃跑。有一个问题不断地纠缠着他：我如何表现，如何影响局面，使那些被征服的见证不再攻击我，而在不知不觉中成为我的计划的盟友以及我对幸福的追求的助手？至少应该迷住别人，利用魅惑的手段。斯丹达尔朝思暮想，颇得意。他长时间地相信，利用逻辑、朗诵的训练和阅读特拉西的著作，他将使自己成为一个有魅力的、战无不胜的人物。他所生活的社会是那样的卑劣，若想成功就必须戴上一副假面具。真诚的精力，性格的力量都被认为是可疑的。斯丹达尔好歹玩着这游戏，一边又怀念人们可以用真正的行动获取权力和荣誉的那些地方和时代。他为什么不安于现状？什么样的不满足促使他要求更多？最终他要的还是文学，被认为是一种风险的文学。创造人物，他可以在他们身上过一种真正的、然而是改变了的生活。要求未来世代的人们读他的书。而最重要的是，通过关于生活的作品的反作用来改变自己。

那么阅读呢？批评的注视呢？激励着它们的那种苛求与我们在创造者身上发现的苛求不无相似之处。因为对于视觉来说，问题在于引导精神超越视觉王国，进入感觉王国。批评的注视辨识语词，以便直观其全部含义：这种认识与视觉行为了无关涉，除非出之以隐喻。这样，批评能凝视就消失在因它而觉醒的感觉之中：它只是打通道路，不过这是为了使"没有道路的纯粹快乐"成为可能。它将在纸上把写下的符号化为生动的言语，再进一步，建立一种形象、思想和感情的复杂境界：这个不在场的世界等待着它，要求它的帮助，以便处于它的保护之下。然而，这个想象的世界一旦觉醒，就要求读者作出绝对的牺牲：它不再允许他袖手旁观。它要求接触和重合，它将自己的节奏强加于人，并迫使其跟着它的命运走。

批评家是这样一个人,他在同意接受文本强加于他的迷惑的同时,还要求保留注视的权利。他希望深入得更远:在展示在他面前的明显的意义之外,他预感到一种潜在的含义。为了从最初的"眼前能阅读"开始并继续向前,直到遇见一种第二意义,一种补充性的警觉对他来说就是必要的了。但是请不要误解"第二意义"这个用语,它不是指辨识某个等值的寓意或象征,像在中世纪《圣经》注解中那样,而是辨识更广阔的生活或改观的死亡,而文本正是其预言者。经常有这样的情况,追寻的是最远,导致的却是最近,即第一眼就看到的显然之物,形式和节奏,这些东西乍一看好像只是许诺了一种隐秘的信息。绕了一大圈,我们又回到语词本身,意义居住其中,神秘的珍宝亦在其中闪光,而人们原以为应该在"深层"寻找这珍宝。

实际上,批评的注视提出的苛求朝向两种相互对立的可能性,而两者的完全实现都是不可能的。第一种可能性要它泯灭自身,与作品让它隐约看见的那种虚构的意识亲密无间,这时,理解将是逐步地接近一种完全的共谋关系，与创造主体的共谋关系，与对通过作品展示出的感性及精神经验的积极参与的共谋关系。但是，无论批评的注视在这个方向上走得多远，批评家都不能在自己身上抹杀对自己的不同身份的信念，他都不能不执着而平凡地确信他并非那个他希望与之混为一体的意识。然而假定他果真成功地使自己消失，那么，自相矛盾的是，他自己的言语将被遮盖住：他只能沉默，而最完美的批评话语将由于过分的同情和模仿而给人一种最完全的沉默的印象。除非从某种方式撕毁连接着他和作品的盟约，批评家将只能重复或模仿：人们必须背叛认同的理想，才能获得谈论这种经验的能力，才能用不同于作品的言语来描述人们与作品并在作品之中经历的那种共同生活。这样，尽管我们想沉入作品的活生生的深处，我们为了能谈论作品不能不与之拉开距离。那么为什么不断然建立一种能在全景的展望中向我们揭示作品与之有机相连的周围呢？我们将试图分辨出某些未被作家觉察的富有含义的应和关系，解释其无意识的动机，读出一种命运和一部作品在其历史的和社会的环境中的复杂关系。批评阅读的第二种可能性可以被界定为俯瞰的注视：眼睛不想放过距离允许它看见的任何形状。在注视所及的扩大了的空间中，作品当然是一种特殊的对象，但并非强加于视觉的唯一对象。作品以其邻近者为界，它只是相对于它的语境总体才有意义。暗礁正在这里：语境如此广阔，关系如此众多，注视不能不暗自绝望；它永远也不能把呈现在面前的这一整体的全部成分集中起来。加之，从人们不得不把作品置于历史的联络之中那一刻起，就只有一种武断的决定能允许我们限定调查的范围。原则上，调查可以进行到这种程度，文学作品不再是开始时的那种特殊的对象，而只是一个时代、一种文化、一种"世界观"的无数表现之一。随着注视声称在社会的世界或作者的生活中囊括更多的有关事实，作品将一步步消亡。俯瞰的注视的胜利也不过是一种失败的形式而已：它在声称给予我们作品沉浸其中的世界的同时，使我们失去了作品及其含义。

完整的批评也许既不是那种以整体性为目标的批评（例如俯瞰的注视所为），也不是那种以内在性为目标的批评（例如认同的直觉所为），而是一种时而要求俯瞰时而要求内在的注视，此种注视事先就知道，真理既不在前一种企图之中，也不在后一种企图之中，而在两者之间不疲倦的运动之中。既不应该拒绝距离的眩晕，亦不应该拒绝接近的眩晕：应该期望这种双重的过渡，其中注视每一次都几乎失去全部权力。

然而，批评可能也不该如此地希望调整它自己的注视的运用。在许多场合中，更应忘记自身，让作品突然抓住自己。作为回报，我将感到作品中有一种朝我而来的注视产生：这种注视并非我的询问的一种反映。这是一种陌生的意识，从根本上说是另一种意识，它寻找我固定我，让我作出回答。我感到我暴露在这个朝我而来的问题面前，作品询问我。在我为自己说话之前，我应该将我自己的声音借与这种询问我的力量；于是，无论我多么驯顺，我总是有偏爱我创造的令人放心的和谐的危险。睁大眼睛迎接寻找我们的注视，这是不容易的。也许不仅仅对批评，而是对一切认识的行动，都应该肯定地说："注视，为了你被注视。"

本文译自让·斯塔罗宾斯基的论文集《活的眼》，伽利玛出版社，1961年。

附录2

批评的关系

最近围绕着批评进行的讨论是有益的，它可以迫使人们明确某些理论立场。任何人看到观点明确起来都不会抱怨的，哪怕是以一些激烈的论战为代价。公开申明立场，如果不总是对基本问题，起码也对分歧点有所阐明，这些分歧点，不顾时髦或正由于时髦，使眼下的冲突和困惑显而易见。

理论，方法：这两个用语并不相涵盖，却过于经常地被看作是可以互换的。就近些看，人们可以察觉到，这两个用语的词义都远非是完全单义的。**理论**，在一种意义上，是关于被探索事物之性质和内在联系的一种超前的假设：在这种意义上，人们有理由说，在物理科学中，理论必然先于发明。但是，在另一种意义上，更多地从词源上看，理论这个词则指对一种已先探索过的整体的理解性观照，对一种受合乎情况的秩序支配的系统的一般看法。在文学领域中，有时对过去的作品所进行的评论很受我们关于未来作品的计划的影响，而这种计划也是"理论的"。我们辨识过去，以使其必然地通向一种未来，这种未来已然由于我们的意志的决定而被形象地预示出来。我们在希望超越和延续过去的作品的同时，赋予它们一种符合我们的愿望、有时是符合我们的幻想的意义。历史就这样从我们这里接受了我们声称认可的意义……至于批评的*方法*，它时而致力于使某些*技术手段*严格地系统化，时而，在更广阔的意义上，它又发展成为对它应该具有的*目的*的一种思考，然而它并不教条地对手段的选择表态。

不管怎么说，眼下的这场讨论依我看来得相对地晚了些。如果说有一种"新批评"的话，它也不是通过一个纲领宣布的；它开始时是致力于以它的方式理解和解释文学作品。事后，人们要求它作出说明。就捍卫和攻击来说，原则的提出和方法的思考都出之以颂扬或谴责的口吻，很可能从中产生了某种失真。理论的陈述远未成为不可缺少的前提，只是应偶然情势的要求才出现的（当然，人们也可以从中找出一种隐藏的必然性），以阐明应用批评所心照不宣地遵守的那些规则，并且使之"主题化"。毋庸置疑，作为事后的合法化，原则的提出也有一种激励价值。在与我们有关的领域中，方法的理论化是作为一种长期的实际工作的后果和投影出现的，并因此而作为使应用研究向前迈出新的一步所必需的条件出现的。方法论的思考和实际考察紧密相连——相互依托，相互改变。

这些看法意在确定文学批评上的方法论的思考的位置。为使其卓有成效，丝毫也不需要赋予方法的陈述以一种先决的权威性和法定的先在性：一种次要的功能也同样合适。方法论的思考伴随着批评工作，间接地说明之，从中获得效益，并根据被研究的文本和已获得的成果，在其逐渐深入的过程中修正之。它实际上只能在后记中得到说明，尽管由于人为的展示或为了教学的理由，它有时侵占了序言的位置。

当然，我们不能停留在一部作品或一位作者的个案上，为此，批评的语言必须提高和校正，以便随着情况的变化提出最适宜的反思性补充。人们不能把方法简化为一种随情况变化的、只凭猜测引路的直觉的摸索；给每一部作品一种它似乎在等待的特定的回答是不够的。这将是把批评的作用限制为感性的回声，受每一次阅读所具有的特有魅力所摆布的、精神化的反映。批评忘记了它本应追求的最终的统一性，而听命于它途中所遇到的各种各样的形式所提出的无限要求。它将只能记录作品的多样性——作品被看作是依次造访的世界——而不能提出统一的看法，正是在这种统一的看法中，此种多样性才作为多样性呈现在理解面前。任何好的批评都有其激情、本能和即兴的方面，有其侥幸，有其宽宥。然而它不能相信这些东西。它应该有一些更为坚实的调节原则，它们将引导它，而不是限制它，它们将提醒它不偏离目标。这些指导原则，如果说并未写在一种先在的规章中，却并不因此而减少其必要性：它们预防反常的偏斜，保证文本的出发点，根据以往和未来的步伐调整步伐。方法隐藏在批评行为的风格中，路程完全结束时才变得清晰可见。表面上的反常乃是批评只有在完成其职责、变得几乎毫无用处时才在概念上完成。批评家在转向他行进的踪迹时才完全地意识到他的方法。我这里说的是方法，也说的是关于批评手段的目的和规则的思考。

肯定，如果批评是一种知识(理解性解释今天几乎已完全排除了价值判断)，它应该倾向于通过个别的知识使其发现普遍化：同时，它应该因此而达到自我理解，或更进一步，根据它固有的目的达到自我确定。它所致力的每一部个别的作品只不过是通向某种知识的一种过渡，这是一种关于文学语言的天地的一种既是更为分化、又是更为整合的知识：它走向一种文学理论(取 theoria[①]的意义，即理解性观照)。不过，批评知识的这种普遍化却处于不断的变化之中：批评认为自己是未完成的则更好，它甚至可以走回头路，重新开始其努力，使全部阅读始终是一种无成见的阅读，是一种简单的相遇，这种阅读上不曾有一丝系统预谋和理论前提的阴影。

---

① 译注：希腊语，有观察、观照之意。

从对一种包容性理解的天真的欢迎,从一种受制于作品内在规律的、没有预防的阅读,到面对作品及其所处的历史的自主的思考,我最喜欢的概念是**批评的轨迹**,这轨迹不是必须写在批评著作之中,它可以出现在以批评著作为终点的准备工作中。这轨迹通过一系列连续的、有时是间断的计划、并在现实的不同层面上实现。当然,我的批评的轨迹这一概念包括了"解释的循环"这个概念,我甚至将其视为批评的轨迹的一个特别情况,特别成功的情况。

如果必须将方法同化于一种事先调好的、机制的、几乎是自动的运作,那是不能称作一种方法的。任何方法都固定一种计划,而方法则被适当地应用于该计划;任何方法都预先确定一种坐标,预先假定存在于被比较的诸成分之间的一些同质的和一致的关系。对于每一个别的计划,都有一种更好的方法,越是严格,此种方法所能预见的辅助性方法就越少:这里,精确性直接地取决于领域之狭小。无论我们赋予某些技巧以多大的重要性,我们都必须看到,任何严格的方法都不能支配从一种计划向另一种计划的过渡,也就是说,不能支配从一种技巧的有效性向另一种技巧的有效性的过渡。然而，这种过渡却是批评的轨迹的决定性的原动力：它是听命于对理解和整体性的苛求的。例如，应该将语义学的警觉看作是不可缺少的，这种警觉注意谨慎地确定文本，注意在其历史语境中确切地定义语词：这是必需的条件，否则，任何解释——不管多么巧妙——都是完全地缺乏根据。然而，对于确立文本及确定其词汇的语义有用的那些方法只能提供一种原始的情况，还须根据一种具有不同导向的方法对其进行第二次解释设计。

这就是说，方法与作品的关系在运用过程中是有变化的。我想强调的一个至关重要的事实是，研究的进展不仅仅与处在同一水平上的诸客观因素的发现有关；它的构成不仅仅是作品各部分之严格清理及其美学关联之分析；还须有批评家与作品之间的关系变化介入，有了此种关系变化，作品才呈现出不同的面貌，批评意识才被获得，从他律过渡到自律。变化即灵活。在与作品之关系的每一个暂时状态中对于该状态之有限性的意识都会暗示批评家去建立一种新的关系，据此，一种不同的描述才是可能的。但是，一种可变而灵活的关系并不因此而是不稳定或闪烁不定的。一切都将逐步地走向知识的整体化，走向可理解的景象的扩展。如果在天真的迎纳的顺从中，在最初的聆听的情感同化中，我与作品的规则紧密地相一致，我从对它的客观研究中所获得的意识又使我能够从外部观照这规则。将其与其他作品和其他规则相比较，并且就这部作品形成一种话语，而这话语又不再是对产生于作品的话语的简单解释。这难道就是远离了作品吗？当然是，因为我不再是一个驯服的读者了，因为我的轨迹不再受作品的轨迹支配了：我脱离了作品，我离开作品去追随我自己的路线。不过，这条路线与我刚刚还与之重合的作品总是有联系的；我所争得的这种远离在我看来是必需的条件，以便我不仅仅是对作品点头称是，而是与它相遇：完全的批评著作总是包含着对于最初的驯服的回忆，它远非为了它自身而接受被分析的文学作品的引导，而是有它自己的路线，以便能在一个决定性的点上与之相遇。一束明亮的光就产生于两条轨迹相交的地点。

如果批评的思考被置于一种轨迹之中，那么，文学作品也呈现为一种轨迹，也就是说，呈现为一个个别的意识和一个世界之间的、经由语言撮合而建立起来的可变关系系统。对于天真的读者来说，作品是一种**话语**，或者**叙述线**，或者**诗意流**：它依照它的斜坡和节奏在开始和结局之间展开。一个事件在连续的、首尾衔接的句子中完成。但是这个事件始终被包含在语词的宇宙中：它的特殊的行动方式，它的起作用的方法，绕过了行动和激情的"口头表达术的消失"。文学的根本的悖论在于它是言语的节日(或世俗化)——也就是说，是一种**更加活跃的关系**——其手段是"口头表达术的"转换，这意味着纯粹言语因素的自由和自律的显露，因此也意味着一种悬浮的关系。让语词、句子从其本质中孤立出来，而不是像一个直接的信息那样令我们激动，这就中止了我们对眼前利益的关心，建立起一种不同性质的、与想象消费相联系的兴趣。这样，一种最为遥远的领域便在不在场中形成了，但是它具有增入现实的能力，比世界的任何事件更能掀动我们。

　　作品的言语之展示在我身上完成了一件工作。我对此立即确信无疑：我的激动、我的内在的感觉忠实地标画出作品的现时的轮廓。一切后来的描述都应该记住这最初的事实，以便在可能时带给它一种补充的说明。当然，作品有其独立的物质稳定性；它靠自己延续下去，它没有我而存在。但是，乔治·布莱说得好，它为了自我完成需要一个意识，它为了自我呈现而需要我，它注定要走向一个它在其中实现的接受意识。作品在我阅读它之前只不过是个无生命的东西；不过，我们可以随意回到组成这东西的众多客观的符号上面去，因为我知道我将在那里发现阅读那一刹那我的激动和感觉的物质保障。我希望理解使我的感情觉醒的那些条件，所以，没有什么东西能阻止我转向决定了我们感情的那些客观的结构。为此，不应该否定我的激动，而应该将其置入括弧中，坚决地将这一符号系统当作对象来对待，而我直到目前为止，一直无抵抗地、无反省地经受其富有启发性的诱惑。这些符号诱惑了我，它们带有在我身上实现的意义；我远非拒斥诱惑，忘记意义的最初呈现，而是理解之，为了我自己的思想而把它"主题化"，而且，只有在将意义与其语言基础、诱惑与其形式基础紧密地联系起来的条件下，我才有些许成功的希望。

这里将有对于文本的客观特性所进行的"内在"研

究介入：构成，风格，形象，语义价值。我将进入**内部关系**的复杂系统，我将辨识——尽可能地准确——秩序和规则；我将阐明效果和结构之间的相互依存性。当我转向作品的客观面貌时，我将看到没有一个细节是无关紧要的，没有一种次要的、局部的成分不对意义的构成起作用。有意义的应和关系不仅呈现在相同层次的价值（风格的作用，构成的作用，声音的作用）之间，而且呈现在不同层次的价值（结构的作用借助于风格的作用而发现了意料之外的证实，风格的作用则在其声音本质中获得一种显而易见的充实）之间：这些伴生关联的总体——可以界定为作品的**结构**——将形成一种结构（或一种"有机体"），其含义之丰富将使区分作品的"客观"面貌和"主观"面貌变得毫无意义。形式并不是"内容"的外衣，它也并非其后藏着一种更为珍贵的现实的诱人表象。因为思想的现实在于它是显而易见的；文字不是内在经验的可疑的途径，它就是经验本身。这样，"结构的"方法就有助于克服一种毫无结果的矛盾：它使我们在其体现中领会到意义，在其"精神的"影响中看到"客观的"材料；它禁止我们离开**已然实现**的作品去寻求它后面的心理经验(先决的 Erlebnis①)。于是，今天在结构主义思潮中，文字的一元论已取代了区分思想和表现的传统的二元论。作品在我们面前呈现为相互关系的一种独特的结构，这结构由其"形式"来决定，从其不包含的东西那一方面看，它在表面上是封闭的，然而根据某种程度的复杂性，它又使我们觉察到一种组合的**无限性**，这种无限性是由关联的作用产生的，读者可以预感为一种诱惑，批评角度的连续变化(亦是潜在地无限的)使之显而易见。批评的任务并不离开对作品进行内在的分析，但同时又表现为对局部**记录**的一种不可完成的总体化，其总和远非分散的，而应是聚为一体的，以使支配着各构成成分之间相互关系的那种结构的统一性清晰可见。

这是把作品当作一个世界来对待，这个世界受作品自己的法则支配。然而，我不会长时间地看不到作品是一个更大的世界中的世界，它不仅仅厕身于其他文学作品之中，而且也厕身于一些本质上并非文学的其他现实

---

① 译注：这个德文词泛指内在的、情感的或心理的经验。

和组织之中。即便我不在作品之外(在其心理的"渊源"之中，在其文化履历之中，等等)寻找其规律，我也不能不承认作品中暗含地或明确地、肯定地或否定地与外部世界发生联系的因素。这种联系是什么性质？我可能觉得作为世界中的世界的作品是那个它从中诞生的宇宙的缩微表现。其结果是，我在作品中辨识出的关系在作品之外，但在一个扩大的世界中忠实地相互重复，而作品只是这个世界的一种成分。这时，我将确信作品的内在法则已然向我提供了它在其中产生的那种时代和文化环境的集体法则的象征性缩影。在使作品与其语境相吻合之后，我将看到作品中活跃的有机含义网普遍化了，以至于对作品的辨识使我看到了一种"时代风格"，反之亦然。在它的某些最激进的表现中，当代结构主义倾向于接受这种可能性——它试图使作品消解在文化中和社会中，但绝不是为了在作品后面辨认出一种特殊的决定论，而是试图显露一种给定的文化和社会的一切共时的表现所共有的逻各斯。因此，我们同意萨特的说法，我们看到一种剔除了因果论的实证主义(几乎还有一种泰纳主义)发展起来，这种实证主义想用严格的描述取代因果的解释——这种描述从此时而寻求形式化的编码,时而寻求现象学的支持。这种方法有权等待它的全面成功,只要它面对的是一些稳定的、几乎静止的文化,这种文化的各种成分之间有着同样性质的功能关系,都有助于固定和延续已然建立起来的文化平衡。这就是说,一种激进的结构主义只对一种文学完全适用,就是那种作为一个完结了的社会中的一件完结了的事情的文学,所以,人们大概不必惊讶,结构主义的最令人满意的成果是在对原始神话或民间故事的分析中得到的那些成果。一旦有扰乱的因素介入,激进的结构主义就会失灵(我说的是那种将作品和社会"语境化"的结构主义)。当然,为了估价一种扰乱,应该知道被这样打破的平衡的性质,而结构主义也可以通过为一种不会防范变化的**秩序**建立图表来提供不可估量的帮助。自从哲学获得了诘问(甚至不必质疑)制度和传统的根据,自从诗歌语言不再被归结为唯一的有规则度的游戏,不再是违反规则的驱魔咒而是自己成为违反规则的,这时,一种**历史**的层面就进入了文化,而一种普遍化的结构主义很难意识到。旧的规范化批评在定义雄辩种类[①]、诗歌种类、辞格、音步时,竭力将文学归于规则的支配之下,然而正如使徒保罗所说,律法预先假定了罪孽;规则则预先假定了违反。

当涉及到现代作品时,则必须限制一种全文化结构主义的野心,使结构的方法相对化。把作品当作能指系统、当作由相关部分组成的整体来研究,这是必要的和有用的。但是,作品和社会并不属于同一种逻各斯的同质肌理,文学作品的言语和环境化的言语亦非同质,不能相互吻合,因此,也不能让一种统一的、协调的意义系统通过。这里毋须再提及,大部分现代杰作只是通过拒绝、对抗和不满来表明它们与世界的关系。"内在"批评的任务正是在文本内部、在其"风格"及明确的"主旨"中揭示丑闻、对抗、嘲讽及冷漠的变化多端的迹象,简言之,揭示当代世界中使天才作品在承接着它的文化背景上具有畸形或例外价值的一切东西。从此,我们看到了一种奇特的**多价性**:在其相互关系中有助于形成作

[①] 译注:原文为拉丁文。

品内在的有机协调性的那些因素，在另一个角度看来，正是使它们与以往的文学或周围的社会具有一种相异的和论战的关系的那些关系。这里只不过是重提一些很简单的真理：例如，《红与黑》既是受到内在形式的应和关系支配的一件艺术品，又是对复辟时代法国社会的一种批判。与一部作品的内部相一致的那些因素同时也是一种不一致的承担者。重要的是，我们既要善于读出作品的内在的一致性，而且是在一种作品及其"内容"的扩大了的局面之中，又要善于识别作家所表达的不一致的意义。对于在作品和周围环境之间进行比较的我们来说，作品是一种不一致的一致，是一种不相容的相容，在构成它的物质形式的诸关系的肯定之上又加上一种激起无限的飞跃的否定。

这就是说，作品的"内在"结构还具有一种关系的网络，这些关系使作品显现在一种外部的背景之上，作品超越这外部，也被这外部超越。文学客体赖以生存的内部张力在其构成中包含着一些"解构"的力量，对于这些力量的理解是以作品和它的起源、效果及周围环境之间的对抗为代价的。在这种情况下，主要的迹象并不来自外部，只有在作品本身之中才能找到它们，条件是知道如何去读。

作家在作品中否定自我，超越自我并改变自我，如同他在欲望、希望和愤怒的命令下否定周围现实的根据一样。因此，在其固有的关系中理解一部作品使人们对它和它的近邻的分化关系进行查看：一个人成为这部作品的作者时，就变成了与过去不同的另外一个人，而这本书在进入世界时，就迫使读者改变你们对自己和对世界的意识。于是，我们为查看作品的内在关系而抽象出来的"存在的"方面、心理学和社会学的方面再度被引入。现在我们又回到这些方面来，是因为这些关系又把我们引到这些方面来，如果说我们不在心理学和社会学中寻找作品的**充分**条件，我们仍然能够在其中看出作品的起源和效果的**必要**条件。作品的**结构化**的结构将我们引向一种具有**结构作用**的主体，如同这结构将我们引向一个文化睦界一样，而这结构在加入这个世界的同时，常常又带给它混乱和挑战。于是，通常由文学史处理的那些问题也同时再度被引入。于是，作品**作为事件**的价值又重新出现，这事件源于一个意识，并通过**出版**和阅读在其他的意识中完成。因此，存在着一条通向作品的通道（它或多或少被清晰地写在作品之中），同样也存在着一条由作品通向世界的通道。我知道我永远也不能在作品之前接触到作者，但我有权利有责任在作品中盘问作者，并且问道：谁在说话？我还应立刻想一想这话是对什么样的收话人说的，真实的？想象的？集体的？唯一的？还是不在场的？他对谁或者在谁面前说话？其距离如何？克服了怎样的障碍？通过什么手段？只有在这时，作品的全部轨迹对我才是可以觉察的，因为我在文本轨迹之上又增加了对于文本轨迹包含着的一种意图轨迹的解释。对于形式的结构研究，即表明文本如何被说出，在这里具有核心的价值，但是它也同意不再单纯地考察作为唯一有意义的对象的作品的内在关系网络：书或篇章被固定的诸因素同时也是横贯这些因素的一系列过境点。在话语和话语相联系的方式中，我辨认出作品和它产生之前还不是话语或它出版之后已不再是话语的那些因素之间的关系。限制结构主义的有效性的是这样一种事实，即我们刚才提到的那种过境并不是在明确的言语的同质和持续的"中介"中进行的。有一些间断点出现，其中最重要的是通向话语的间断点,即通向文学和想象的间断点。现代作品绝没有不自身带着它出世的迹象或证明的(普鲁斯特的小说乃一著例,不过,对一个稍微细心些的读者来说,蒙田的《随笔集》的暴露性也并不逊色)。应该在作品中解读出一种欲望,一种(天才的)能力的特殊性质,这种特殊性质通过产生作品来试图自我达成和自我证明。当我们指出斯皮策①使我们看到一位作者的个性与一种针对文化时代的平均言语的距离和差异(句法的,词源的,等等)系统——这种差异在某些极端作品的错乱的过渡中有其最高级的形式——有关系时,我们所阐明的仍然是一种间断,但是,文化也为了共同的言语而(主要是)通过批评性解释来回收或试图回收这种距离和差异系统。这里我们看到一个问题渐渐出现,即作品作为一种例外(或怪物),这表明有一个人是唯一的和无与伦比的,这也是一种有时是不可调和的反抗的举动,然而这种反抗因为求助于言语而遇到丧失其决裂的益处的危险或运气,并且因一种理解性阅

---

① 译注:斯皮策(Leo Spitzer,1887—1960),奥地利语文学家、文学批评家,代表作有《风格论》。

读而被减弱，这种阅读使例外消溶在克尔凯郭尔称之为"一般"的那种东西中，也就是说，消溶在那种可以合理地普遍化的东西之中。甚至，在其最彻底的奇特性中，也恰恰是因为这种奇特性，一些引起纷纷议论的作品变成了此类作品的**表率**，变成了范例。

这样，我们在本研究开头提到的一个问题就又出现了。我们说过，我们不愿进行一种只满足于成为文学世界的多样性的回声的那种批评。然而，批评话语的**普遍化**不是也使另一种危险出现吗？谈到作品所包含的破裂和间断，我们发展了知识的透明的和持续的话语。我们使一切平坦无碍。杂乱的不规则，轰动，作品中和作品之间的矛盾以及相异性，都变成一种协调平静的言语的主题，这种言语使它所意识到的断裂消失在理解之中。批评话语统一了它的考察范围，它越是追寻它自己的统一性，就越是相异于它所关注的多样而破碎的现实。莫里斯·布朗休最近还强调这样的事实，即在倾向于把理性话语统一化和普遍化的文化和作为拒绝与不相容性的宣告者的文学之间，批评习惯上（并且是错误地）站在文化一边。那些叛逆的伟大作品就这样被出卖了，它们通过评论和注疏被净化，变得可以接受，进入共同的文化遗产之中。当然，我们今日仍具有的黑格尔传统促使我们将那些决裂的壮举恢复为精神变异的一个阶段，这些壮举恰恰因为已然呈现出来并且不能变得无声无息而躲不过一种渴望着理解地拥抱全部现实的凝视。但是，批评性的理解并不以同化不同的事物为目的。如果它不把差异**作为差异**来理解，如果它不把这种理解扩及自身以及它和作品之间的关系，那么，它将不复为理解。批评的话语在其本质上自知**相异于**它所询问和阐明的作品的话语。它不是作品的延伸或回声，更不是其理性化的替代。它在维护它的差异意识（亦即关系意识）的同时，也排除了独白的危险。因为延伸作品，像作品一样说话，在作品的意思上滔滔不绝，它将自言自语，只能回到自身；相反，成为作品的替代，代替作品说话，它又将封闭在自己的协调之中，只限于它自己的同义反复；同样，某些看起来科学的技巧不可避免地导致证明其自身的正常运转，只是在重复自己的前提：只适用于一种材料的工具只能发现这种材料，而且还自以为它是唯一可能的工具。批评话语的孤独是一个必须避开的巨大陷阱。批评话语若过分地屈从作品,就要分享作品的孤独;它若过分地独立,则要走上一条奇特而孤独的道路,而批评的参照将只是一种偶然的借口,严格地说,这是一种应该排除的借口;倘若崇拜科学的严格,批评话语将自困于和所用方法有关的那些"事实"之中,将原地踏步,固步自封。这些危险中的任何一种都可以被确定为一种关系的丧失,一种差异的丧失。转述,自足的"诗",一丝不苟的胪列,这将使批评沦为一种抒情独唱。但是,当这种危险变成思想变异的一个阶段,就不再是危险了:作品应该被聆听,我们应该与它一致,在我们心中重复它,所有的可以被客观化的事都应该(通过"技巧")被严格地确立起来;不过,这些事实也应该被自由地解释,而这时我们就会意识到事实在其表面的客观性中已然是一种最初的解释选择的产物了。这就是自发的同情、客观的研究和自由的思考三个相互协调的阶段,这使批评可以同时受益于阅读的直接确实性、"科学"方法的可验证性和解释的合乎情理性。在可能的情况下,批评的轨迹展开于(通过同情)*接受一切*和(通过理解)*确定一切*之间。这样,人们可以确信批评话语的内在规律紧密地联系于被分析作品的内在规律，并从一种深情的依附性过渡到一种关注的独立性。我们的自主性（舍此则不可能解释）将建立在我们面对作品的不变之现实的自由变化的关系之上。我们的主观的远离和兴趣及关注的加强并非不能相容。只有在这种条件下，批评才不会是一个"独身的家伙"：它将和作品结成一对儿。被承认的差异乃是一切真正的相遇的条件。肯定，批评家永远是诗这位女王的丈夫，出自这种结合的后代并非王国的继承人。何况这种婚姻还有着一切婚姻都有的危险，而我们知道存在着各种不同类型的患神经病的夫妇：首先是这一种，声称被爱的人并非真实的本人，不被看作是独立自由的主体，他只不过是爱情欲望的投射的支撑物，这种投射使他成为另外一个人；其次是相反的一种，爱着的在魅力及他对爱的对象的绝对顺从中化为乌有；最后是这一种，其爱情不是对人本身，而是对他的周围，他的财产，他们荣耀的祖先，等等。简言之，批评作品把两个人的真实联系在一起，并以其受到保护的完整性为生……不过，我也不会忘记，作品的存在方式和我们的存在方式有着根本的不同，只有当我让作品像一个人一样地生存，它才是一个人；我必须用我的阅读使它活起来，给它一种人的在场和外表。为了爱它，我应该让它复活；为了回答它，我应该让它说话。这就是为什么人们可以说，作品开始时总是"我们的亲爱的死者"，它等待着我们让它复活，或至少等待着我们最深切地怀念它。既然我刚才对批评行为所采用的、夫妇关系的比喻未能尊重文学作品所独具的想象之维，我只好选择俄尔甫斯的追寻这一形象，或者荷马的祭祀这一形象，其时英雄让阴影出现在牺牲的鲜血旁，这阴影向他透露命运，并指示他为实现这命运而必须遵循的道路（因为尤利西斯询问亡魂是为了保证其旅行能顺利进行）。灵魂的引导者和解释学的祖师爷赫耳墨斯穿越了不同世界之间的界限，把曾经被不在场或遗忘淹没的东西又还给了在场。

我暂时不具体地谈目前正在争论中的各种批评形式，例如社会学批评，心理学批评，主题和现象学批评，语言学批评。这些新的方法不是取代，而是补充了传统的历史方法，它们产生于把已经在人文科学中获得居留权的诸学科应用于文学的可能性和必要性。这些经验在几方面都是富有成果的，不单是因为人文科学从一个新的角度讨论文学事实并揭示出迄今未被认识的方面和内涵；而且还因为，在这一领域，它们必须离开对群体的**平均**行为的考察，它们必须和人所具有的最自由、最有创造性的东西进行较量；还因为它们应该在一种极端的例子上、在例外上使它们的解释功效受到考验；还因为它们可以在这里比在别处更好地同时取得能力和局限的经验。在运用这些学科的任何一种的时候，研究者都应考虑它的论证及论据的有效性、其能力的广度、条件及明显的决定论之**充足性**或**一般必要性**，以及已然建立的相互关系（在总体中）的重要性。总之，估价所获成果的确切性及其对对象的适应性，这是不可缺少的，我觉得这种估价与科学方法本身并无关涉，也不属于任何方法的范围。是方法的使用者决定——他自己承担一切风险，而且不能因此而求助于任何预先制定的技巧——方法是否使他满意；简言之，方法是否使他阐释作品的**意思**。在最为严格的那些科学学科中，方法会发生转化并且变得更为精致，这仅仅是因为有一种对方法的批评介入（在与经验的接触中或在理论的冲突中），而这种批评是方法本身不曾预见到的。如果说新方法在文学领域中是宝贵的，那么更为宝贵的则是一种随时都可实行的对方法的批评：正是在这里批评精神本身得到最为纯粹的表现。再说一遍，这种警觉性应在好几个层面上表现出来。对于方法的初步批评以完善确定了的工具为目的，应该善于为这种批评补充一种更为自由、更为独立自主的批评，此种批评根据知识所希望的统一性确定各种不同的工具的角色。这种确定我们可以称为哲学的，它意味着作品在各个方面与全部可以运用的局部方法之间有一种总体的对照。不言而喻，借助这种对照，我们将试图采用符合每部作品的特殊要求的手段，我们不把同一种方式强加于全部文学，而是(可以这么说)让每一首诗或每一本书为我们指出接近它们的最好途径。一位批评家越是具有真正的文化修养，他就越善于识别作品这一概念在历史中所能经历的变化：因此，作品的地位是一个首要的事实，一种尽可能特定的解释应该与之相适应。

所以，如果必须给一种批评的理想下定义的话，我认为那将是一种(与技巧及其可验证的手段相联系的)

方法论的严格和（摆脱任何系统限制的）反应的灵活性的结合。技巧一定能被重复，它切割同质的平面，突出我们所说的作品的"客观面"：它增加了客观面的褶皱。技巧一旦完善就很容易转用，它们毫无区别地属于任何作出必要的努力以便掌握它的人。它们像其成果一样，是一种公共财产。在技巧上，一个有训练的研究者可以立刻取代另一个研究者。技巧使其一丝不苟的使用者"失去个性"。"集体工作"不仅是可能的，而且是受欢迎的：信息可以因此而更迅速地积聚。说到底，技巧是可以机械化的：人们可以将其过程的全部或局部付诸机器。于是，助手的工作在质量上与"老师"的工作并无区别。弟子在任何时候可以接着先生做而结果并不受影响。

但是，选择和改变技巧的思考则不同，而对由技巧揭示的事实进行解释的思考就更不同了。它追求一种比技巧的本领能够达到的普遍性更广阔的普遍性，它寻求在每一部被考察的作品之间建立一种更为特定的联系：它想同时更全面又更不同。它同意从最低处出发——就是说，从完全的无知无识出发——以便达到一种更广的理解，对于这种理解来说，技巧所揭示的物质的形式的方面仅仅是一种零碎的材料，一种等待解释的局部的证明。它感知到的东西，它构思的东西，它可以传播，但不能灌输：它需要合理的赞同、辩驳和讨论，谁也不能以为——除非通过某种骗术——继续另一位批评家的思想，延伸同样的研究。自由的思考——正因为它是自由的——注定要重新开始。在这种情况下，教学与其说是传授某种遗产和某种工具的使用，更是让人们去运用一种总是重新开始的自由。我远不是想使批评成为一种西绪福斯的劳作，一切都要不断地从头开始。自由思考的开始是一种明智的开始：任何已进行的研究，任何技巧考察的材料在原则上都不会被忽略，人们并非从虚无出发；但是，思考毕竟要创造它自己的作法和它自己的路程，从一端到另一端，从开始到结束。如果说人们可以继承由"客观的"技巧积聚起来的成果的话，那么在这里，人们不能从任何人，甚至不能从自己继承到什么。一种批评的灵感的力量总是需要的，其出现和结局不可预料。为了回答它的全部的愿望，为了成为对作品的一种理解性话语，批评不能局限于可验证的知识的范围之内，它自己应该成为作品，并且遭遇作品的风险。因此，它将带有一个人的印记，这个人将是一个经历过科学的技巧和"客观的"知识的苦行的人。批评将是一种重新置于一种新的言语中的关于言语的知识，将是对于诗学事件的一种分析，而这种分析自己也已成为一个事件。因为落进了作品的物质性之中，为了在其结构的细节中、在其形式的存在中、在其内在的联系和外在的关系中探索过作品，批评会更有把握地认出一种行为的痕迹，并会以它自己的方式重复这种行为，而且，在评判这种行为、赋予它扩大了的意思——这种意思产生于它的内在真实、它的外部联系、它的明显的内容和它的隐含的意义——的同时，批评自己也成为行为，它表达并且传播，以便使一些更为清晰、更独立自主的行为在它所激起的前景中与它相呼应。

1967 年

本文译自让·斯塔罗宾斯基的论文集《批评的关系》，伽利玛出版社，1970 年。

让·斯塔罗宾斯基的作品

《活的眼》,伽利玛出版社。

《活的眼,2:批评的关系》,伽利玛出版社。

《让-雅克·卢梭:透明与障碍》,伽利玛出版社。

《词下的词:费迪南·索绪尔的构词法》,伽利玛出版社。

《三个复仇女神》,伽利玛出版社。

《运动的蒙田》,伽利玛出版社。

《孟德斯鸠》,瑟伊出版社。

《自由的发现》,斯基拉出版社。

《卖艺人的肖像》,斯基拉出版社(和弗拉马里翁出版社,"原野"丛书)。

《1789：理性的象征》，弗拉马里翁出版社。

《克洛德·伽拉斯》，弗拉马里翁出版社。

《方向盘》，人的时代出版社。

《恶中的药》，伽利玛出版社。

《镜中的忧郁》，朱利亚出版社。

《绘画领域中的狄德罗》，国家博物馆联合出版社。

《慷慨》，国家博物馆联合出版社。

《抚爱与鞭子》，布兰科出版社。

《动与反动：一对词的生命与冒险》，瑟伊出版社。

《诗和战争》，佐埃出版社。

《邀请诗》，拉多加那出版社。

《魅惑者的失败》，瑟伊出版社。

《话有一半是说者的……》，拉多加那出版社。

图书在版编目(CIP)数据

镜中的忧郁:关于波德莱尔的三篇阐释/(瑞士)斯塔罗宾斯基著;郭宏安译.——上海:华东师范大学出版社,2012.9
ISBN 978-7-5617-9509-5

Ⅰ.①镜… Ⅱ.①斯…②郭… Ⅲ.①波德莱尔,C.(1821~1867)—诗歌研究
Ⅳ.①I565.072

中国版本图书馆 CIP 数据核字(2012)第 093054 号

华东师范大学出版社六点分社
企划人 倪为国

La mélancolie au miroir : Trois lectures de Baudelaire
by Jean Starobinski
Copyright © Editions Julliard , Paris,1989,1997
Published by arrangement with Editions Julliard through Garance Agent Littéraire
Simplified Chinese Translation Copyright © 2012 by East China Normal University Press Ltd.
ALL RIGHTS RESERVED.
上海市版权局著作权合同登记 图字:09-2011-473 号

镜中的忧郁:关于波德莱尔的三篇阐释

著　者　(瑞士)让·斯塔罗宾斯基
译　者　郭宏安
责任编辑　高建红
封面设计　姚　荣

出版发行　华东师范大学出版社
社　址　上海市中山北路 3663 号　邮编　200062
网　址　www.ecnupress.com.cn
电　话　021-6082 1666　行政传真　021-62572105
客服电话　021-62865537
门市(邮购)电话　021-62869887
地　址　上海市中山北路 3663 号华东师范大学校内先锋路口
网　店　http://hdsdcbs.tmall.com/

印刷者　上海中华印刷有限公司
开　本　787×1092 1/32
印　张　7.5
字　数　75千字
版　次　2012 年 9 月第 1 版
印　次　2023 年 10 月第 2 次
书　号　ISBN 978-7-5617-9509-5 /I·903
定　价　48.00 元

出版人　王　焰

(如发现本版图书有印订质量问题,请寄回本社客服中心调换或电话 021-62865537 联系)